The Way

기억의 시작

The Way²

기억의 시작

marseille. france

new york. U.S.A

cuzco. peru

kathmandu. nepal

﹥ 2008년, 첫 여행기 〈The Way : 지구 반대편을 여행하는 법〉을 낸 후 9년이 지났다.

전문 여행가도 아니고 글쓰기가 직업이 아닌 내게 여행기를 쓴다는 것은 물이 한 방울씩 떨어지는 수도꼭지 아래에 양동이를 놓고 기다리는 일과 같았다(한 방울씩 나오는 귀한 물이라고 해서 콸콸 쏟아지는 물보다 수질이 좋은 것도 아니다). 나의 빈약한 수도관은 무언가를 쓰려고 애쓸수록, 수도꼭지를 억지로 쥐어짤수록, 수압이 세지기는커녕 고장 나거나 완전히 말라버릴 위험만 커졌다.

맑지 않은 물로나마 일단 한 바가지 모아서 책을 내기 위해서는 물방울들이 물통을 채우기를 마냥 기다리는 수밖에 없었다. 시간 날 때 부지런히 다녀온 여행과 목적 없이 남겨둔 기록들이 뭉쳐져서 물방울이 되어 저절로 떨어지기를 기다리다 보니, 어느새 9년이란 시간이 지났다.

수동 펌프조차 갖추지 못한 나의 수도꼭지를 그나마 마르지 않게 하고, 비록 한 방울씩이나마 끊이지 않게 해준 유일한 수압은 위치 에너지도, 결로나 모세관 현상도 아닌, '기억하기 위한 노력'이었다. 시간적, 경제적 기회가 있을 때마다 여행을 떠나고, 돌아와서 사진을 정리하고 글을 다듬는 그 모든 시간···. 그 일은 오롯이 나를 위한 일이었다.

솔직히 예전에는 타인에게 보여주고, 책을 내기 위한 의도도 있었던 것 같다. 하지만 언제부터인가 여행기를 쓰는 것은 순전히 추억을 수집하고 기억하기 위한 노력이 되었다. 가장 행복한 순간들, 스스로가 가장 멋있어 보이는 내 모습들, 차곡차곡 쌓인 기억과 기록의 부피가 현재 나의 가장 소중한 보물이 라는 것, 지금의 나를 지탱해주는 힘이라는 것을, 여행기를 쓰기 시작한 지 10년이 훨씬 지난 최근에서야 깨닫게 되었다.

그래서 두 번째 책의 제목을 〈기억의 시작〉이라 정했다. 뜨거운 여행의 순간 을 즐기기보다 미지근한 추억을 뜯어먹으며 살게 된 현실적 '어른 여행자'에 게는 '여행하는 법'보다 '기억하는 법'이 더 중요하기 때문이다.

책을 읽고 난 누군가가 여행이 주는 기억의 소중함을 공감할 수 있다면 글쓴 이로서 더 바랄 것이 없겠다.

정준수

차 례

kyoto. japan　　**bangkok. thailand**　　**kashgar. china**

이상한 나라의 낯설고
숨은 이야기

mt. everest. tibet

varanasi. india

프 롤 로 그

〉 숙소 침대에 누워 가이드북을 뒤적이며 홀로 '점지'한 다음 도시의 숙소. 여행 카페와 블로그의 금쪽같은 정보, 혹은 누군가에게 추천을 받고 나서 그곳이 아니면 안 될 것 같은 환상에 쌓인 숙소. 그래서 무거운 배낭을 짊어지고 처음 밟는 거리의 낯선 공기를 뚫고 찾아간 곳.

hunza pakistan

꼭 묵고 싶던 그 숙소의 프런트에 도착해서

"Do you have a room?"

하고 묻고 나서의 두근거림.

"Yes, of course."

라는 대답이 주는 크나큰 안도감.

괜찮은 가격에 마음에 드는 숙소를 잡고 난 후 어깨에서 무거운 가방을 내려
놓을 때의 그 홀가분함. 그 기분을 잊을 수 없어서 나는 다시 떠났다.

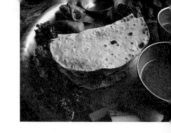

#act 1

특별한
　　일상 속,
보통의

하　　루

여행의 무용담

▷ 몇 년 전 서울대에서 열린 '소통과 공감' 강연에서 들었던 일이다. 어느 교수가 학생들이 가장 만나고 싶어 하는 '멘토'와의 자리를 주선하는 프로그램을 개설했다. 평소 존경하던 유명한 학자, 성공한 기업인 등의 멘토와 만나고 돌아온 학생들의 대체적인 반응은 의외로 실망이었다. 학생들이 멘토에게서 듣고 싶었던 이야기는 어떠한 삶의 자세로, 어떻게 어려움을 극복해 그 자리까지 오게 되었는지 같은 구체적 이야기였지만, 멘토들의 주된 대답은 "글쎄요, 어찌어찌 하다 보니 여기까지 와서 이렇게 되었네요"였기 때문이다. 하루하루 성실히 연구한 결실이 꽃을 피워 저명한 학자 대접을 받게 되었고, 자기가 좋아하는 곡을 하나하나 만들다 보니 유명한 뮤지션이 되거나, 매년 조금씩 성장을 이루다 보니 어느샌가 성공한 사업가로 불리고 있었다. 일평생 하나의 목표에 전념하

marseille france

여 기어이 이루어낸 극적인 '성공 스토리' 인생도 있겠지만, 소위 '성공적인 인생'이란 알고 보면 대부분 그런 것이 아닐까. 도달하지 못하면 필경 불행해질 목표에 대한 조급함을 버리고 한눈팔지 않고 열심히 어찌어찌 하다 보니 여기까지 오게 된 것 말이다.

홈런을 노리는, 힘이 잔뜩 들어간 타자는 오히려 홈런을 치기 어렵다. 안타를 친다는 생각으로 휘두르다 보면 제대로 맞은 공이 가끔 홈런으로 이어지는 법. 통기타 초심자의 취미 생활을 포기시키는 F 코드도 조급함을 버리고 좋아하는 노래를 치다 보면 자기도 모르는 사이에 맑은소리가 나는 것처럼 말이다. 책과 강연을 통해서 '힐링'을 받을 수는 있겠지만, 노골적으로 '힐링'을 목적으로 쓰인 이야기를 통해서는 아닐 것이다. 별 생각 없이 읽어나가던 소설과 에세이의 행간에서 이따금 가슴 먹먹한 감동과 긍정의 에너지를 얻는다. 그것이 책을 읽는 이유 중 하나다. '힐링'을 의도해 쓰인 책을 '힐링' 받으려는 목적으로 읽으면서 '힐링'이 되길 바라는 것은 투수의 공보다 펜스 너머만 바라보고 선풍기 스윙을 돌리는 공갈포 타자 같은 욕심이 아닐까.

무언가를 얻으러 떠난 여행에서 원하는 것을 얻기란 그만큼 어렵다. 거창한 목적은 대체로 그보다 더 거대한 실망으로 끝나고 말 테니까. 나에게 여행이란 기본적으로 무용無用한 것이다. 그냥 여기저기 돌아다니다가, 사진 한 장을 보고 충동적으로 떠난 여행이나 계획 없이 문득 다녀온 짧은 여행에서, 아무 기대도 하지 않았던 평범한 순간과 목적 없는 어느 발걸음에서 삶에 대한 희망이 마구 꿈틀거리는 찌릿한 순간들을 만났던 것 같다.

여행의 기억. 시공간의 부피를 채우고 무게를 차지하는, 굳이 말하자면 '여행의 수확물' 같은 것. 10년이 지나 희미해져 가는 추억과 기억의 저장고에 그나마 온전히 남아 있는 것. 그것은 아무것도 바라지 않아서 아무것도 하지 않았던, 멍하니 하늘과 물과 거리와 사람을 바라보았던 시간 사이의 촘촘한 촉감들이다. 책에서 오래도록 기억에 남는 것도 검정 글씨로 이루어진 뚜렷한 이야기의 윤곽보다는 자음과 모음, 행과 행 사이사이에 콕콕 박힌 사소한 느낌들의 집합인 것처럼 말이다.
독서와 여행이 더 이상 '무용'하지 않고 무엇이든 수단으로 전락한 치열한 이 사회, 기필코 무엇을 얻고자 목표를 세우고 그곳만 바라보고 걸어가는 것은 참 피곤한 일이다. 이미 그 자체로 충분히 즐거운데 책 읽기를 통해, 여행을 통해 무엇을 더 얻으려는 것은 과한 욕심이 아닐까.

여행도, 독서도, 인생도, 무용한 것이 좋다.

후각을 저장하는 법 I

> 시각, 촉각, 후각, 미각, 청각. 인간의 다섯 가지 감각 중에서 가장 먼저 기록 및 저장하는 방법을 발명한 것은 청각이다. 소리란 음파의 진동이라는 단순한 정보기 때문에 시간에 따른 음파의 진폭만 기록한다면 뛰어난 음질로 재생해낼 수 있다. 그다음으로 개발된 것은 시각 정보의 저장법이다. 색깔은 인간의 눈이 반응하는 전자기파의 수십 나노미터 파장의 차이에 지나지 않는다. 빛에 반응해 화학 반응을 일으키는 필름이든, 각 화소의 RGB 정보를 담은 디지털 영상이든, 높은 품질로 현재를 저장하고 미래에 재생해낼 수 있다.

발명된 시기의 차이는 있어도 인간이 청각과 시각을 비교적 손쉽게 저장하고 재생할 수 있었던 것은 정보를 발생시키고 전달하는 매질이 한 가지기 때문이다. 소리는 공기─꼭 공기가 아니어도 되지만─를 진동시키면 만

chiang mai. thailand

hunza. pakistan

들어낼 수 있고, 시각은 적절한 파장과 세기의 전자기파빛를 방출함으로써 만들어낼 수 있다(빛은 매질이 필요 없다).

반면 후각과 미각은 모든 이의 손에 스마트폰이 들린 현재까지도- 아날로그든 디지털이든- 영구적으로 저장하고 원하는 때와 장소에서 재생할 수 있는 기술이 아직 없다. 가장 큰 어려움은 청각, 시각과 달리 후각과 미각은 정보를 전달하는 매질이 다양하다는 것이다. 후각과 미각은 각각 냄새와 맛을 나게 하는 특정한 '물질'이 있어야 하고, 그 분자들의 존재와 특성은 전압의 High/Low로 표현되는 1과 0의 디지털 정보로는 표현해낼 수 없다.

여행을 가면 대부분의 사람은 사진을 남긴다. 머릿속에서 희미하게 바래져 가는 가물가물한 기억들도 사진 속에서는 마치 어제의 일인 양 생생하게 살아 있다. 지금 보고 있는 이 소중한 순간이, 손가락 끝으로 딸깍, 셔터를 누르는 순간 영원히 저장된다. 하지만 사진보다, 영상보다 더 오랫동안 강하게 남아 있는 기억은 후각과 미각인지도 모르겠다. 시각, 청각과 달리 어디에 어떻게 저장되어 있는지 모르기 때문에 언제 어디서 예상치 못한 시점에 갑자기 떠오르기 때문이다.

특별한 관련이 없어 보이는 감각의 자극에 의해서 생각지도 못했던 여행의 기억들이 머릿속 어디에선가 새어 나온다. 아무 생각 없이 길을 걷다

맡은 튀김 냄새에 인도의 SL클래스 야간열차에서 땅콩 팔던 꼬마가 생각나는 것처럼, 지하철이 플랫폼으로 들어오며 불어오는 바람 냄새에서 문득 부에노스아이레스 밤거리의 시원한 바람을 느낀다거나, 장맛비 내리는 여름날의 축축한 공기를 마시며 새벽안개 속의 마추픽추 풍경을 떠올린다. 심지어 엘리베이터에 탔을 때 그곳에 남아 있는 어떤 향기로 인해 10년 전에 갔던 런던의 히드로 공항이 생각나기도 한다.

때론 이해하기 힘든 아주 사소한 연결고리에 의해서 머릿속 어딘가 오랫동안 꺼져 있던 감각의 스위치가 톡, 하고 켜진다. 어둠 속에서 움직이다가 저절로 켜지는 전등에 흠칫 놀라듯이, 아무 인과관계가 없어 보이는 후각과 미각의 불빛이 비추는 내 기억 속 한 구석을 반갑게 바라본다. 가지지 못하는 물건이 더 가치 있어 보이듯 시각과 청각처럼 저장될 수 없어 후각과 미각의 기억들이 더 소중하게 느껴지는 것인지도 모르겠다. 컴퓨터에 저장하고 마음대로 재생할 수도 없고, 사진처럼 선명하지 않아서 몹시 주관적으로 왜곡되어 있으며, 누군가에게 설명하고 공감하게 할 순 없지만, 내 몸 어딘가에 켜켜이 스며들어 지워지지 않는 그 향기들. 그 냄새와 그 맛들, 모두 아련하게 기억이 난다.

떠날 이유, 떠나지 않을 이유

▷ 소식이 뜸했던 누군가를 떠올리며 '오랜만에 연락 한 번 해야지'라고 생각하는 것과 실제로 먼저 연락을 하는 것 사이에는 큰 차이가 있다. '0'과 '1'밖에 없는 디지털 회로처럼 먼저 연락하지 않았다는 것은 그 사람을 까맣게 잊고 있었던 것과 다를 바 없다. 일방적인 마음의 미동은 증거를 남기지 않으니 연락하려 생각만 한 것은 연락하지 않은 것과 구별할 방법이 없어 똑같은 '0'이기 때문이다. 아무리 생각을 많이 했더라도 때마침 먼저 연락을 해온 친구의 "넌 어쩜 그리 연락 한 번 없냐?"라는 핀잔 앞에서 연락하리라던 내 억울한 마음은 한낱 말뿐인 변명이 되고 만다.

귀찮음, 피곤, 상대가 바쁠까 걱정, TV 보기, SNS 접속 등 급하지 않은 연락을 미룰 핑계는 무궁무진하다. 누군가를 떠올리고 생각하는 기척이

싹을 틔우고 자라나 그 장애물들을 넘고 넘어서 '1'이 되게 하는 유일한 동력이란 사실 '안부 묻기' 정도일 뿐, 그리 대단한 이유는 아니다.

반드시 해야 하는 것이 아닌 대부분의 취미 생활과 마찬가지로 여행을 가야 할 이유 역시 몇 가지밖에 없지만, 가지 않을 이유는 수없이 많다. 여행을 떠나기 위해서는 기본적으로 시간과 돈이 필요하지만, 그것을 가졌다고 해서 모두가 여행을 떠나는 것은 아닌 것처럼, 시간과 돈을 가지고 할 수 있는 가장 현명한 일은 물론 '아무것도 하지 않는 것'이다.
여행 계획을 세우고 나면 서울에서 능숙하게 버스에 오르고, 노선도 없이 지하철을 환승하고, 출구 번호를 보지 않고 목적지를 찾아가는 익숙한 일상의 효율성이 새삼스럽게 소중하고 편안하게 여겨져서 이곳을 제 발로 박차고 나가 미지의 세계와 불편함으로 뛰어들겠다는 나의 계획이 터무니없이 느껴진다.
여행 떠나기 전날 밤의 내 침대, 내 베개와 이불은 유난히 아늑해서 내일부터 이 잠자리를 두고 자발적으로 낯선 방에 몸을 누이기 위해 적지 않은 돈과 시간을 쓰겠다는 결심이 미친 생각 같아 보이기도 한다.

거창한 이유 없는 몇 번의 손동작으로 희박한 인간관계에 미약한 온풍을 기대하는 것처럼 번거로움과 불안을 안고서 구태여 일상의 울타리를 넘어서는 힘도 결국 소소한 이유들이다. 그 울타리는 얇아서 큰 의미가 없어 보일지라도, 안과 밖은 '0'과 '1'만큼이나 다르다. 무라카미 하루키는 취미인 마라톤에 대해 이야기하면서 우리가 할 수 있는 일은 그 '아주 작은 이유' 하나하나를 소중하게 단련하는 일이라고 했다.

전력 질주했으나 아깝게 버스를 놓쳤을 때의 허탈감에 이렇게 될 걸 괜히 뛰었나 싶기도 하지만, 뛰지 않았더라면 뛰지 않은 걸 후회했을 것이다. 거절이 두렵지만 지금 고백하지 않으면 후회할지 모른다는 걱정이 훗날 돌아보았을 때 아찔할 -혹은 안도할- 용기가 된다.

아무것도 하지 않는 것과 여행을 떠나는 것 사이를 오가는 on/off 스위치-여행의 지름신-의 작동은 버스를 향한 달리기처럼 짧지만, 일단 한 번 켜지고 나면 거꾸로 돌아오지 않는 인생의 어떤 톱니바퀴를 앞으로 하나씩 감을 만큼 육중하기도 하다.

san pedro de la laguna, guatemala

san pedro de la laguna, guatemala

지구 반대편을 기억하는 법

　▷ 9년 전, 〈The Way : 지구 반대편을 여행하는 법〉에서 '여행의 즐거움'은 '떠나기 전 설렘 : 여행하는 즐거움 : 다녀와서 추억 = 40 : 30 : 30'이라고 말했지만, 지금 생각해보니 수정이 필요할 것 같다.

　오랫동안 준비하고, 생각하고, 기대했던 여행을 떠나던 때가 있었다. 여행이 주는 흥분과 즐거움은 여행 계획을 세우는 데 있다고 믿었고, 여행지에 대해 이것저것 알아보면서 공상하는 즐거움으로 잠들지 못하던 출발 전야가 분명 있긴 했다. 하지만 점점 '어른'이 되고 학부 졸업 후 일이 바빠지면서 '여행 전의 설렘'은 과거에 써 놓은 글에서나 존재를 짐작할 수 있는 유물이 되어갔다.

　일찌감치 비행기표를 사 놓아도 여유 없는 일상 속에서 여행을 떠나는 내 모습은 좀처럼 상상하기 쉽지 않아서, 일주일 남짓의 휴가 직전에야

주간 일정을 확인하듯 여행을 가기로 했던 사실을 실감한다. 생존을 위한 가장 기본적인 여행 정보를 마치 보고서 자료 조사하듯 수집하는 와중에 여행 전의 설렘은 사치스러운 환상이 되어버렸는지도 모르겠다. 그 대신 여행을 떠날 기회와 기간의 감소에 대한 길항작용으로, 엄마가 좀처럼 허락하지 않는 사탕을 오래오래 아껴 먹는 아이처럼 한 번 다녀온 여행을 떠올리는 횟수와 시간이 부쩍 늘어난 것 같다. 그래서 2017년 나에게 '여행의 즐거움'은 '떠나기 전 설렘 : 여행하는 즐거움 : 다녀와서 추억 = 10 : 30 : 60'.

무언가 빠져나간 자리를 다른 것으로 채우는 것. 젊은 시절 강속구로 타자를 윽박지르던 투수가 기교파로 변해가는 것처럼, 변하는 환경에 적응하며 생존 가능성을 높이는 생물의 진화와도 같이 자연스러운 혹은 다행스러운 현상인지도 모르겠다.

언제부턴가 '추억의 수집'이라는 말을 좋아하고 자주 쓰게 되었다. 기회가 될 때마다 왜 그렇게 악착같이 여행을 가는지, 왜 그토록 열심히 사진을 찍고 여행기를 쓰는지 질문 받을 때마다 고민 없이 하는 말, 추억의 수집.

지치고 힘들 때 가장 생각나는 것은 즐거웠던 여행의 추억들이다. 어려울 때면 좋았던 시절의 사진들을 꺼내보는 것처럼, 힘들 때면 나도 모르게 행복했던 그때를 복기한다. 서양 문화의 그리스·로마신화처럼, 나에게 수많은 회상과 기억과 추억의 원천이자 끊임없이 재창조되는 고전 같은 존재. 통장의 잔액보다, 명함의 직함보다 지금의 나를 지탱해주는 것은 그 추억의 조각들이다.

내가 반짝반짝 빛나고 있다는 것을 온몸으로 실감하는 것, 평소의 나보다 훨씬 멋있어 보이는 내 모습을 지워지지 않게 새겨두는 작업, 티끌 하나 없이 오롯이 행복해하는 순간을 저장해두려 애쓰는 일, 그래서 나중에 수십 번도 넘게 꺼내보고 다시 펼쳐보기 위한 무언가를 준비해두는 일, 그 이상도 이하도 아니다.

천 장이 넘는 사진을 찍고, 정리하고, 분류하고, 일기를 쓰고, 메모하고, 단어를 고르고, 문장을 여러 번 다듬어서 여행기를 쓰는 일이란 해보지 않은 사람이 알게 된다면 터무니없어할 만큼 오랜 시간과 에너지가 드는 일이다. 남에게 보여주기 위해 여행하는 사람도 있을 테고, 나도 한때 그런 마음이 있었지만, 지금은 이 모든 과정이 '추억의 수집'을 위한 일이다.

9년 전에 썼던 책을 다시 읽으면서 더 이상 공감하지 않는 부분도 있고 지우고 싶은 곳도 있지만, 마지막 문장은 지금 생각해도 마음에 든다.

"지치고 힘들 때마다 가장 먼저 떠오르는 것은 그래도 가장 아름다웠던 장면들이다. 가끔씩 들여다보며 잠시나마 기분 좋아질 수 있는 기억들을 한 가득 모아왔다는 것만으로도 너무도 가치 있는 시간. 지금껏 내 인생에서 가장 자유로웠고, 가장 고민이 없었고, 가장 행복지수가 높았고, 그리고 나 자신이 가장 멋있어 보였던 지난 6개월. 앞으로 내가 얼마나 멋진 일을 하며 얼마나 멋진 삶을 살건, 이 6개월간의 시간을 지금 성급하게 '내 인생의 황금기'라 부른다 해도 그 빛이 절대 바라지 않을 것이라 나는 확신할 수 있다."

huacachina, peru

황금지층

＞ 계절이 바뀔 무렵 오랜만에 꺼내 입은 외투 주머니에서, 오랜만에 들고 나간 가방의 지퍼 칸에서, '툭' 하고 떨어지는 화석을 종종 발견한다. 고생대의 공기와 풍경을 간직한 채 수천만 년 동안 지층 속에 묻혀 있던 삼엽충처럼 겨울 파카 주머니 속에서 여러 계절을 보낸 후 발견한 영수증, 영화표, 입장권 같은 '기억의 화석'들은 어둠 속에 잠겨 있던 세월의 창고에 그리운 햇빛을 비춘다. 극장을 나온 뒤 한참 동안 이야깃거리가 되었지만 금세 잊어버렸던 영화표를 바라보고, 언제 어디인지도 기억나지 않는 술집 이름이 적힌 꼬깃꼬깃 영수증을 펼쳐보다가, 혹은 전시보다는 바람이 좋았던 산책으로 기억되는 미술관 팸플릿을 발견하고 넘겨본다. 액체질소로 급속 냉동되었다가 몇 달 후에 해동되어 건강하게 헤엄치는 금붕어처럼 먼지 속에 켜켜이 묻혀 있던 하나의 장면이 생생하

게 되살아난다. 타임캡슐처럼 화석의 재료를 일부러 여기저기 심어둘 수 있다면 어떨까라는 생각이 들 만큼, 예상치 못한 상황에서 '기억의 화석'을 발굴하는 일은 소소한 일상의 쏠쏠한 즐거움이다.

여행은 켜켜이 쌓인 수많은 기억으로 이루어진 인생의 지층에서 유독 화석이 풍부한 지질시대 같다. 지구의 역사에 비하면 찰나의 시간일지라도 기후와 지각 운동, 수량과 공기 성분 등의 조건이 잘 맞아떨어져 수많은 생명체가 출현하고 번성했던, 그래서 수억 년이 지난 후에도 끊임없이 재발견되고 회자되고 연구되는 지질학적 황금시대.

두께는 얇지만, '여행층'이 품고 있는 화석의 양과 질은 나의 '인생 고고학 박물관' 팸플릿 표지를 차지하며 가장 넓은 전시실을 채울 만큼 존재감이 크다. 시간이 지나도 풍화되지 않는 추억들이 밀도 높게 박혀 있는 '황금지층'.

뉴스에 오르내리는 지명 속에서, 이국적이지만 반가운 가게 이름을 읽으면서, 잡지를 넘기다 마주친 한 장의 사진에서, 이런저런 기억의 파편들은 빗물에 씻기거나 땅을 파다 우연히 드러나는 화석들처럼 돌연 무대 위에 나타난다. 끊어져 있던 기억의 회로가 다시 연결되고 추억의 영사기가 재생된다.

오래도록 빛을 본 적 없더라도 여행의 추억은 단단한 뼈처럼 부식되지 않고 살아남는다. 작은 자극으로 '불붙을' 수 있는 연료가 쌓여 있다는 것. 그래서 자주 즐거운 기억을 돌이켜볼 수 있다는 것. 추억 재생의 부싯돌이자 화석 발굴의 단서가 되는 돌부리가 많으면 많을수록 좋다. 역시나 여행이 주는 가장 큰 선물 중 하나는 추억의 수집이니까.

vang vieng. laos

vang vieng. laos

여 행 의 지 명

≫ 파키스탄 훈자의 '하이데르 인inn'에서 방을 같이 썼던 한국인 형은 일 년 넘게 세계 일주 중이었다. 일주일 남짓 함께 지내는 동안 숙소를 스쳐 지나간 수많은 여행객이 던지는, 그동안 여행한 곳 중 어디가 제일 좋았냐는 ―매우 어려운― 질문에 그 형은 별로 뜸 들이지 않고 라오스의 "므앙 응오이 느아Muang Ngoy Neua"라고 대답했다.

므앙. 응오이. 느아, 므앙 응오이 느아, 라니.

내가 지금까지 들어본 것 중 가장 이국적이고 매력적인 지명이었다. 이름도 이렇게 멋진데, 전 세계를 여행했다는 베테랑 여행자가 최고의 장소로 주저 없이 꼽는 곳이라니. 6개월짜리 여행을 시작한 지 보름도 안 되던 그때, 나는 다음 여행지를 라오스로 정해버렸다. 비록 그때의 마음처럼 다음 여행지가 되지는 못했지만, 몇 년 후 라오스로 떠나게 된 모든 역사가 2006년 훈자에서 시작되었던 것은 사실이다. 당장 떠나지는 못했어도 '므앙 응오이 느아'라는, 누군가 머리를 굴려서 억지로 지어낸 것 같은 이 낯선 도시는 오랫동안 잊히지 않고 머릿속 어딘가 잘 보관되어 있다.

여러 나라를 여행하다 보면 다언어, 다국적, 다민족적으로 낯선 지명들을 만난다. 하지만 아무리 길고 발음이 어렵더라도 여행한 곳의 이름은 어떤 지명보다 특별해서 잘 잊히지 않는다. 그 단어들은 나에게 영화 〈슬럼독 밀리어네어〉의 주인공에게 주어진 퀴즈 문제의 정답들이다. 퀴즈쇼에서 문제가 나가고 초시계가 돌아가는 몇 초의 찰나, 주마등처럼 펼쳐지는 극적인 인생의 뜨거운 조각들이 하나의 단어-정답-로 수렴되는 것처럼, 나에게는 몇 마디 말로는 표현하지 못할 수많은 추억과 영화 같은 기억이 그 짧고 기묘한 지명 하나에 얽혀 있기 때문이다.

체스케부데요비체Ceské Budéjovice, 파하르간지Paharganj, 두브로브니크 Dubrovnik, 시기쇼아라Sighişoara, 치치카스테낭고Chichicastenango, 루앙프라방Luang Prabang, 미단 타흐리르Midan Tahrir, 리오가예고스Rio Gallegos, 아구아스 칼리엔테스Aguas Calientes, 오얀타이탐보Ollantaytambo, 산 크리스토발 데 라스 카사스San Cristóbal de las Casas 등 무의미한 음절이 길게 나

열된 것처럼 보이더라도 뚜렷이 기억한다.

사진을 보고 책을 읽으며 그곳에 있는 내 모습을 포개어 보았던 지명, 터미널 매표소에서 알아들을까? 하는 의문과 함께 최선을 다해 발음했던 도시의 이름, 지하철 안내 방송이나 현지인들의 발음을 들으며 흉내 내려 애썼던 소리, 릭샤왈라나 택시기사에게 아무리 외쳐도 못 알아들어서 결국 책으로 펼쳐 손가락으로 가리켰던 그 활자, 낯선 여행자들과 맥주를 마시며 두런두런 이야기 나눈 그 밤에 오고 갔던 여행담의 배경, 수십 년 인생 중의 단 며칠이지만, 수만 번의 평범한 날보다 수만 배 이상 행복했던 그 무대. 그곳의 바람 냄새와 감촉이 뇌세포 깊숙이 저장된 그 단어를 어찌 잊을 수 있을까.

머릿속 어딘가 먼지 수북한 상자에 담겨 있지만 예상치 못한 순간에 만나는 아주 미세한 자극 하나로도 순식간에 추억의 월척을 건져 올려줄 고마운 그물 같은 이름들이다. 내 마음 깊은 곳 무언가를 울리게 하는 힘을 가진, 절대 잊히지 않을 이름들이다.

luang prabang. laos

인생 사전

≫ 빠에야를 한 번도 먹어보지 않은 사람에게 빠에야를 기막히게 잘하는 식당을 찾았다고 자랑을 해도 소용없다. 질 좋은 살치살을 먹어보지 못한 사람은 아무리 지겨울 만큼 찬사를 들어도 살치살을 씹을 때의 부드러움과 육즙의 풍요로움을 상상하고 공감할 수 없을 것이다.

나이를 먹는다는 것, 혹은 시간을 쌓으며 살아간다는 것은 어찌 보면 자신만의 '사전'을 채워가고 수정하는 과정이다. 아무리 국어사전을 통째로 외우더라도 덜 익은 감을 먹어보기 전에는 '떫다'는 것이 어떤 맛인지 결코 알 수 없듯이, '사랑'이라는 감정의 온도와 '실연'이라는 상처의 쓰라림도 소설과 영화, 친구와의 대화를 통해 '타인의 사전'을 수없이 학습하더라도 직접 겪어보기 전까지는 결코 알 수 없는 단어들이다.

모든 사람이 똑같은 사건을 겪고 나서도 저마다 다르게 정의해 놓은 단어들. 자의로 혹은 타의로 읽게 된 다른 이의 사전을 참고 문헌 삼아서 자신만의 경험으로, 자신만의 '사전'을 쓴다. 살아가면서 수많은 종류의 사람들을 만나고 관찰하고, 다양한 관계로 얽힌 온갖 상황 속에서 다채로운 기분들을 직접 경험하고서 새로운 단어들과 전례 없던 사용법들로 나만의 '사전'을 채워간다.

'짝사랑'이나 '직장 상사'처럼 꽤나 분량이 많은 단어에서부터 처음 눌려본 '가위', '그린티 프라푸치노'처럼 사소한 단어까지, 나만의 경험에 의해 다듬어진 나만의 주관적인 언어로 내 '사전'의 어휘 수를 늘려가고, 이미 등재된 어휘에 대해서 새로운 의미를 추가하고 수정하고 때론 과감하게 삭제하기. 그리고 단어의 용법 및 뉘앙스를 잘 표현하는 사전의 '예문'에 해당하는 '경험' 항목을 늘려가는 것, 그것이 시간을 쌓고 '인생사전'을 만들어가는 과정이다.

나의 '사전'을 펴고 뭔가를 끄적이게 만드는 경험을 하거나 생각이 들 때마다, 나의 '인생사전'이 조금씩 두꺼워지고 조금 더 충실해지는구나, 내가 꾸역꾸역 살아가고 있구나, 나이를 먹는 것이 나쁘지만은 않구나 라는, 소소한 삶의 미미한 보람과 재미 같은 것을 느낀다.

kathmandu, nepal

kathmandu. nepal

여행 중에는 '사전'을 펼치고 펜을 들 일이 부쩍 많아진다. 감수성이 예민해지고 사소한 것에도 감정과 감상이 생기기 때문에 여행이야말로 짧은 시간 동안 '사전'을 풍성하게 만들 수 있는 절호의 기회다. 처음 가보는 장소, 낯선 공기와 이국적인 향기, 처음 먹어보는 음식과 처음 들어보는 언어들 속에서 처음 말을 배우는 어린아이의 왕성한 호기심처럼 새로운 단어들이 끊임없이 탄생한다.

지금까지 수많은 국가와 도시의 표제어에서 1번 풀이를 차지했던 객관적 서술 대신 그 지명에 대한 나만의 첫인상과 추억과 촉감으로 자리를 채운다. 공항, 광장, 석양, 맥주, 기차, 하늘, 침대, 시장, 바다, 골목, 바람 등 일상에서도 수없이 참조되고 편집되는 평범하기 짝이 없는 단어들에 누구의 사전과도 중복되지 않을 만큼 특별한 뜻과 고유한 예문을 잔뜩 추가한다.

특히 일상에서는 펼쳐볼 일도, 손댈 일도 많지 않던 '행복'이라는 표제어에 수많은 예문을 추가할 수 있다. 노천식당에서 산들바람을 안주 삼아 마시는 낯선 라벨의 병맥주, 500원짜리 생과일주스, 특별할 것 하나 없는데 이상하게 울컥했던 그곳의 석양, 야간열차의 규칙적인 덜컹거림, 숙소 침대에 누워 쓰는 일기, 원하는 날짜의 차표 끊기 성공, 시끌벅적한 시장과 고요한 골목길, 땀을 식혀주는 시원함보다 독특한 향기로 기억되는 그곳의 바람…. '사랑' 같은 단어처럼, 막연한 상태에서는 무의

미하고 상투적이기만 한 '행복'도 수많은 뜻을 가진 다의어가 되고 적확히 사용되는 구체적인 용례가 풍부해질수록 어느새 아주 가까이에 머물러 있게 된다.

살아온 시간의 양과 관계없이 두꺼운 사전을 가진 사람이 되었으면 좋겠다. 나의 사전이 아무리 두꺼울지라도 끊임없이 타인의 사전에 관심을 가지고 탐냈으면 좋겠다. 항상 수정하고 덧붙일 준비가 된, 마르지 않는 사전을 가졌으면 좋겠다.

절정 없는 인생

> 연극, 콘서트 같은 공연을 보고 나면 무대 위 배우나 뮤지션이
부러워진다. 경쾌한 발걸음과 밝은 표정으로 무대 인사를 하는 배우들,
마지막 앙코르곡이 끝나고 땀범벅이 된 채 뜨거운 박수를 받는 뮤지션들
의 모습은 바라보고 있는 것만으로도 가슴이 벅차오른다.

올림픽 금메달을 확정 짓는 순간의 마지막 포효, 월드컵에서 결승골을
넣은 후의 감격, 한국시리즈에서 끝내기 홈런을 친 선수의 세레모니에
는 '평범한 인생'을 사는 사람은 평생 결코 가져 보지 못할, 말 그대로 최
고의 환희가 담긴 표정이 있다.

인간이 가질 수 있는 온갖 종류의 감정이 모두 담겨 있는 그 얼굴, 어떤
명배우도 흉내 내지 못할 그 순간의 기분을 나도 한 번쯤 누려보고 싶은
개인적 질투 같은 것. 내 인생에서 저 기분의 반의반이라도 느껴볼 수 있

kathmandu . nepal

을까, 평생 기억하며 힘들 때마다 떠올려볼 그런 극적인 기억 하나 정도 가지고 있으면 좋겠다, 라면서 스포츠 하이라이트 동영상을 눌러보는 것은 경기 내용보다 환호하는 선수의 표정을 보고 대리만족이라도 하고 싶어서이기도 하다.

절정 없는 인생은 내가 택한 길이고, 단 한 순간을 위해 참고 견뎌온 그들의 시간과 노력, 인내와 불안을 감내할 자신은 눈곱만큼도 없으면서 극적인 모습을 보고 있으면 진심으로 부럽긴 하다. 매일매일 학교와 회사를 오가며 학점에 안도하거나 시험에 합격하고, 실적을 인정받고서 앗싸, 외치는 정도의 소박한 기쁨이 대부분인 '평범한 인생', 그 평탄함 속에서 그나마 가장 '뾰족한' 삶의 절정은 여행의 기억들이다.

올림픽 메달리스트나 스포츠 드라마 주인공만큼 극적이진 않겠지만, 오롯한 행복감을 느꼈던 순간이 있다면 그것은 여행이었다. 배도 부르고, 오늘 밤에 잘 곳도 있고, 며칠 후의 버스표도 끊어 놓았고, 당장 해야 하는 일도 없다. 잠이 오면 자면 되고, 배고프면 먹으면 되고, 하고 싶은 것을 실행하고, 하기 싫은 것을 거부할 자유를 가진, '나'라는 존재에 대한 지분을 100% 확보했던 시간. 가장 많이 행복해하는 나의 모습이 기록되어 있는 수많은 '명장면'들. 거창한 인생의 성공이나 기쁨 뒤에 따라오는

허무함과 걱정 따위 없이 말 그대로 '이 순간'에 대한 최고의 행복을 온몸
으로 만끽할 수 있었던 순간,

바로 여행이었다.

후각을 저장하는 법 II

> 어릴 적 친구 집이나 친척 집에 놀러 갔을 때 가장 낯설게 느껴지는 것은 생소한 인테리어의 색조나 가구의 배치, 액자 속의 낯선 인물 같은 것이 아니었다. 친구 집 현관에 들어서는 순간에 생경한 무언가는 어느 집이든 가지고 있는 그 집 특유의 향기였던 것 같다. 아무리 똑같은 아파트 단지, 같은 구조의 집에 비슷한 가구가 채워져 있어도 그 장소에 거주하는 사람들이 매일매일 입고, 먹고, 자고 생활하며 흩뿌린 모든 향기 분자로 수만 번 덧입혀 만들어진 복합적인 '향기의 정체성'은 사람의 지문만큼이나 고유하다.

생일 맞은 친구 집이나 명절날 친척 집의 후각적인 낯섦만큼이나 국경 너머, 바다 너머의 풍경도 공기의 질감으로 기억되곤 한다. 어떤 풍경은 시각으로 저장되고, 어떤 장소는 청각으로 기억되듯이, 유독 진한 향기가 오래 날아가지 않는 곳이 있다.

인도의 첫 도시 델리 파하르간지 초입에 들어섰을 때의 '우주적으로' 복합적인 향기, 티베트 사원의 비리지만 태초의 엄마 품 같은 야크 버터 냄새, 예멘의 어느 마을에서나 맡을 수 있었던 무취에 가까운 건조한 모래바람 속에 희미하게 배인 풀냄새와 살 냄새, 아바나 구시가 골목길의 담배 냄새-땀 냄새- 섞인 바닷바람….

후각은 다른 감각에 비해 빠르게 적응되기 때문에 그곳의 향기에 미처 익숙해지기 전, 역치가 가장 낮고 감각이 제일 민감한 여행의 초반부에 맡았던 강렬한 '첫 향기'는 사진으로 저장되는 시각만큼이나 뚜렷하게 머릿속에 새겨져 있다.

특히나 생애 첫 배낭여행지였던 런던의 냄새, 그중에서도 공항에서 지하철을 타고 시내로 가던 길, 난생처음 커다란 배낭을 메고 낯선 땅에서 나의 위치를 가늠했던 곳. 그래서 모든 촉을 곤두세워 주변의 정보를 수집하던 중에 입력된 냄새들은 지금도 불러오기 하여 재생할 수 있을 것 같다. 열 시간 넘게 날아와 도착한 이곳이 정녕 말로만 듣던 유럽인가, 의심스럽게 비행기 문을 나서던 순간의 두꺼운 습기, 타도 되는 것인지 긴가민가했던 피커딜리라인 열차가 힘차게 밀고 들어오던 플랫폼의 바람, 지하철 출구 계단을 올라가며 갓 상경한 시골 총각처럼 문득 고개를 들어 올려다보았던 런던의 첫 하늘. 내 옆을 지나가던 진짜 '런던 사람' 곁에 휘감긴 향취, 그 공기 속에는 오직 그곳에서만 나는 향기가 담겨 있었다.

〈뇌를 훔친 소설가〉라는 책에 따르면 기억을 유발할 수 있는 인간의 여러 감각 중 미각과 후각은 특히 '회상'의 강력한 촉매라고 한다. 시각은 기억을 담당하는 해마와 편도체에 이르기 위해 중단 연결 단계가 필요한 데 비해, 후각 섬유들은 이들과 직접 신경적인 연결-시냅스-을 이루고 있기 때문이다. 감정이 발생하고 기억이 저장되는 곳과 직접 연결된 만큼 냄새는 기억, 감정과 쉽게 결합될 뿐 아니라 냄새에 대한 기억은 오래가며 회복력이 커서 프루스트의 마들렌*처럼 기억을 자극하고 불러내는 가장 중요한 수단이 된다고 말이다.

친구네 집 어색한 공기 속에서는 똑같은 라면의 맛도 미묘하게 다르게 느껴지는 것처럼 여행한 그곳의 향기는 언제나 일상의 향기보다 진하다. 그곳에 도착해서 열었던 배낭 속 물건들은 무취지만, 아무 냄새 나지 않는 집에 돌아와서 열어본 가방에서는 그곳의 냄새가 어렴풋이 배어 있다.

* 향수를 느끼게 하는 매개체. 프루스트의 소설 〈잃어버린 시간을 찾아서〉에서 마들렌을 먹는 순간 어린 시절로 돌아갔다는 표현에서 연유되었다.

luang prabang, laos

첫 여행지의 의미

> 물가 싼 나라를 여행하며 가장 좋은 점은 싸고 맛있는 식사를 한 후에 디저트까지 챙겨 먹을 수 있다는 것이다. 특히 경제적 여유가 적은 학창 시절 여행에서는 꽤 중요한 점이다. 대학생이 되고 떠난 첫 유럽 여행에서는 식사 때 콜라 한 병 시키는 것조차 마음이 편치 않았지만, 우리나라보다 물가가 훨씬 싼 나라에서는 콜라나 맥주 한 병을 부담 없이 곁들일 수 있을 뿐 아니라 아무리 배가 부르더라도 길을 걷다 만나는 군것질거리에 다시 지갑을 열면서도 손이 떨리지 않는다. 최대로 부푼 배를 두드리면서도 주변을 기웃거리며 디저트를 찾는 호화로움을 만끽할 수 있다.

우리나라 학생들이 첫 번째 배낭여행지로 가장 많이 찾는 곳은 세계에서 물가가 가장 비싼 곳 중 하나인 서유럽이다. 비싼 물가에 놀라서 먹고 싶은 것 참으며 하루 종일 뜨거운 도시를 걸어 다니다 길가에 쭈그리고 앉아서 바게트에 잼을 발라 먹는 경험은 젊기에 가능했던 훈장 같은 추억임과 동시에 고생스러운 배낭여행의 대표적인 이미지다. 그런 값 비싼 고생은 한 번으로 족하다며 다시는 배낭여행을 가지 않겠다는 사람도 많이 보았다.

반면 동남아에서는 몇천 원으로 배부른 밥 한 끼를 먹을 수 있고, 몇백 원으로 편하게 택시를 탈 수 있다. 개인적인 생각이지만 동남아나 혹은 인도를 첫 배낭여행지로 택한 사람이 다시 배낭여행을 떠나게 될 확률은 처음으로 유럽 여행을 갔던 사람들보다 높을 것 같다. 우리나라의 6천 원짜리 주스보다 100배 맛있는 500원짜리 생과일주스나 50원짜리 아이스크림을 매일 먹으면서 감동하지 않을 사람은 없을 테니까.

siem reap, cambodia

여행의 분인

＞ 일본 소설가 히라노 게이치로는 〈나란 무엇인가〉라는 책에서 '분인'이라는 흥미로운 개념을 제안했다. '개인個人'의 원어인 'Individual'은 부정을 뜻하는 접두어 'in'과 '나누다'에서 파생된 'dividual'의 합성어로 더 이상 나눌 수 없는 하나의 온전한 존재를 의미한다. 분할할 수 없는 '개인individual'이라는 틀로 자신을 정의한다면 '진정한 나'의 존재는 단 하나며, 그 밖의 내 모습은 거짓이거나 분열된 자아가 된다.

하지만 실제 나의 모습은 그리 단순하지도 않고 일관적이지도 않다. 누군가와 함께 있을 때의 나는 꽤 유쾌하고 긍정적인 사람 같지만, 다른 집단 속의 내 모습은 성마르고 까칠한 아저씨 같다. 어떤 친구 앞의 나는 술자리에 어울리는 유머 감각과 적절한 진지함을 겸비한 캐릭터일 수 있지만, 또 다른 사람에게 나란 말수가 적고 일만 하며 사는 사람 같아 보일 것이다. 히라노 게이치로는 이렇게 상대나 자리에 따라 달라지는 나의 여러 가지 모습을 개인individual이 여러 개로 나누어진dividual '분인分人'이라 정의한다.

> "한 명의 인간은 나눌 수 없는 존재가 아니라 복수로 나눌 수 있는 존재다.
> 그렇기 때문에 단 하나의 '진정한 나', 수미일관된 '흔들리지 않는' 본래의
> 나 같은 것은 존재하지 않는다."_ 히라노 게이치로, 〈나란 무엇인가〉

개인이 정수 '1'이라면 각 분인들은 깊이와 크기에 따라 서로 다른 비율을 가진 분수다. 따라서 각각의 대인관계마다 서로 다른 인격이 드러나는 것은 자연스러운 일이고, 여러 가지 얼굴을 가진 나의 분인들은 모두 '진정한 나'라는 것. 존재하지 않는 유일무이의 '진정한 나'의 허상 때문에 우리는 어떤 것이 진짜 나일지 고민하고 에너지를 낭비하게 된다고 이야기한다.

그런 점에서 여행의 닳고 닳은 표어 중 하나인 '진정한 나'를 찾는다거나 '자아 발견' 같은 거창한 목적을 이루는 것은 애초에 불가능한 일인지도 모르겠다. 오히려 여행을 통해서 발견하는 것은 '진정한 나'가 아니라 낯선 환경에서 벌어지는 다양한 상황과 감정을 마주하는 '또 다른 나', 나의 새로운 분인들인 것 같다. 특히 혼자 하는 여행에서는 일상의 분인들로

marseille. france

marseille. france

부터 완전히 분리될 수 있고, '일상 속의 나'와는 조금 다른 '여행하는 나'
로 확실히 '분화'될 가능성이 커진다.

분명 '여행하는 나'는 '평소의 나'와는 조금 다른 모습이다. 여행 중의 나
는 평소보다 좀 더 밝고 덜 까다로운 사람이 된다. 사소한 일에 더 즐거
워하고 더 기뻐하며, 낯선 이의 작은 친절 하나에 총총 스텝을 밟으며 뛰
어가기도 한다. 옆자리 사람과 반갑게 인사하는 나는 평소보다 훨씬 미
소에 후하다. 낯선 게스트하우스 주인아저씨와 꽤 유쾌하게 농담을 주고
받기도 하면서 물건값도 흥정하고 깎을 줄 아는 좀 더 '능숙한' 인간이 된
다. −최근엔 조금 변했지만− 이불이 깨끗하지 않아도 잘 자고, 씻지 않고 잠
들기도 하는 나의 모습은 평소에 아무리 술을 많이 마시고 와도 반드시
씻고 자야 하는 내가 상상할 수 없는 면모다. 그리고 음식과 술의 맛있음
에 대한 기준이 현저하게 내려간다.

익숙하고 당연한 'individual'이라는 단어를 낯선 시각으로 분해하여 누
구나 한 번쯤 고민하고 생각해봤을 법한 '여러 개의 나'를 설명하는 히라
노 게이치로의 이야기에서 제일 마음에 드는 부분은 '분인주의' 프레임이
파생되어 행복론에 적용되는 부분이다.
누구에게나 마음에 드는 분인도 있지만, 바꾸거나 버리고 싶은 분인도 있

을 것이다. 그 모든 모습을 포괄하는 '자신의 전체'를 사랑하는 것은 어려울 수 있겠지만, 어떤 특정한 사람이나 상황 속의 나 자신을 좋아하는 일은 조금 더 쉬운 일일지 모른다. 상대와 환경에 따라 달라지는 수많은 나의 분인 중에서 내가 좋아하는 모습이 그래도 두세 개 정도만 있다면 그것을 발판으로 어떻게든 살아갈 수 있을 것이라고. 꽤 마음에 드는 나의 모습을 하나씩 발견하고 좋아하는 분인을 하나씩 늘려간다면 우리는 그만큼 스스로에게 긍정적으로 바뀔 수 있을 것이라고 말이다.

'일상의 나'와는 조금 다른 '여행하는 나'는 내가 가장 좋아하는 분인 중의 하나다.

쉽지 않은 일이겠으나 '나 자신을 좋아하는 것'은 남과의 비교에 의한 우월감이나 타인의 인정에 기반을 둔 '상대적 행복'에서 벗어나 자신의 존재 가치를 스스로 매길 수 있는 '절대적 행복'을 위해서 제일 중요한 조건이다. '진정한 나'보다는 '또 다른 나'를 찾는 시간, 일상의 내 모습과는 조금 다르지만 좀 더 마음에 드는 자신의 면모를 발견하는 것, 그래서 내가 좋아하는 나의 분인을 하나씩 늘려가는 것이야말로 '추억의 수집'만큼이나 중요한 여행의 의미일지도 모르겠다.

avignon. france

선 행 학 습

> 영화를 볼 때 작품에 대해 무지한 상태에서 감상하려 노력한다. 온전히 나만의 시선으로 감상하는 것을 좋아하기 때문이다. 이해 못 한 점은 나중에 찾아볼 수 있지만 방해받지 않은 '첫 감상'은 한 번뿐이니까. 소설도 마찬가지라서 일단 보기로 정한 책은 인터넷에 나오는 가장 기본적인 소개 문구조차 피하려고 애쓴다. 기본적인 배경에 대한 이해 부족으로 한참 동안 감 못 잡고 헤매는 경우도 있지만, 아는 것이 적기에 기대하지 못했던 면모에서 감동을 받는 기쁨을 더 소중하게 생각하기 때문이다. 예를 들어 영화 〈어바웃 타임〉은 가벼운 로맨틱 코미디인 줄 알고 심드렁하게 보다가 큰 감동을 받았다.

하지만 어떤 영화나 소설을 볼지 말지 판단하기 위해서는 작품에 대한 정보가 필요하다는 모순이 발생한다. 그래서 나에게 가장 이상적인 영화 · 소설의 선택법이란, 나의 분신 또는 나와 동일한 취향을 가진 사람이 존재해서 추천 리스트를 만들어주면 나는 아무것도 모른 채 섭렵하는 것이다. 분신술도 연마하지 못했고, 동일한 취향으로 완벽한 목록을 만들어줄 친구도 없는 현실에서는 예습과 무지 사이의 어딘가에서 절충하려 애쓰고 있다.

잘못된 선택을 하더라도 한두 시간과 만 원 남짓의 손실이 전부인 영화나 소설에 비해 시간적 금전적 기회비용이 훨씬 큰 여행에 관련된 정보 수집과 판단은 극장과 서점에서의 고민에 비해 신중할 수밖에 없다. 영화 포스터만 보고 표를 사거나 표지 제목의 글씨체가 마음에 들어 충동 구매한 소설책처럼 언젠가 본 사진 한 장에 마법처럼 이끌려 훌쩍 떠나는 여행도 있을 테지만, 요즘 같은 시대 여행 떠나기 전에 수많은 블로그의 화려한 사진들 한 번 찾아보지 않기도 쉽지 않다.

꼭 가고 싶었던 장소를 다양한 각도에서 찍은 고해상 사진들로 감상하고, 숙소의 구석구석은 물론 화장실 상태까지 확인할 수 있으며, 내가 타고 갈 비행기의 기내식 메뉴까지 알고 떠날 수 있다. '어른'이 되고 멀리 떠날 기회가 귀해질수록 선행학습의 양은 대체로 더 많아지는 것 같다(아니면 단순히 '어른'이 되는 시간과 함께 인터넷의 정보가 풍부해지는 탓인지도 모르겠다). 지나친 예습은 흐릿하고 여백이 많아야 할 상상 속 풍경을 현실과 구별되지 않을 만큼 선명하게 색칠해버리는 부작용이 있다. 사전에 수집된 영상과 에피소드 등의 간접 정보를 바탕으로 나의 예감과 기대가 발전하고 실제 여행지에 가서는 직접 행동으로 실현될 가능성도 커지니 말이다. 말 그대로 '경험을 경험'하는 것이다.

스토리가 중요한 작품의 줄거리를 스포일러 당하지 않으려는 의지처럼 아무것도 모른 채 무턱대고 도착한 여행지에서 눈앞에 펼쳐진 풍경과 내 숨을 통해 스스로 판단한 호흡이야말로 시간을 넘어 긴 여운을 남긴다는 것은 잘 알지만, 꽤 치밀한 나의 성격으로는 아무래도 불가능한 일이다. 그래서 영화·소설을 고르고 감상하는 일과 마찬가지로 여행을 떠나기 전에도 무모와 철두철미 사이의 어딘가에서 타협하려 노력하고 있다.

다시 봐도 역시 좋은 책이나 영화처럼 다시 가는 여행지는 선행학습에 대한 딜레마가 없어서 좋다. 두리번거리지 않고 능숙하게 골목을 찾거나 버스를 타면서 으쓱한 기분이 들고, 확실한 즐거움을 찾는 방법을 숙지하고 있는 장소들이 있는 곳. 평생 몇 번이고 돌려 보고 싶은 영화, 읽을 때마다 매 문장 새롭게 느껴지는 소설책처럼 매년이라도 찾고 싶은 그런 여행지가 한두 군데 정도 있다는 것은 든든한 자산이다.

cancún. mexico

지구 반대편의 고향

﹥ 산과 해변을 동시에 가진 대도시라는 점에서 브라질 리우데자네이루의 인상은 나의 고향 부산과 닮았다. 특히 불쑥불쑥 솟은 바위산을 배경으로 호텔이 성벽처럼 둘러싼 코파카바나 백사장은 이름난 휴양지의 여유로움보다 대도시의 힘찬 호흡을 느낄 수 있는 해운대 해수욕장을 연상케 한다. 브라질의 경제 중심지이자 최대 도시인 상파울루와 제2의 도시이면서도 느긋한 휴양 도시라는 상반된 개성을 가진 리우데자네이루의 관계는 서울과 부산의 이미지를 떠올리게 한다는 점도 빼놓을 수 없다.

지구 반대편에서 고향을 떠올리게 되는 도시를 만나는 것은 꽤 기적적인 일이다. 정반대의 계절, 전혀 다른 사람들의 생김새, 낯선 향기로 채워진

공간에서 내 기억의 가장 밑바닥에 깔린 고향의 이미지까지 가닿을 수 있었던 것은 제법 많은 조건이 맞아 떨어진 결과이기 때문이다. 고향 부산의 정체성을 결정하는 주요 특징은

1. **산**–산동네
2. **바다**–항구와 해변
3. **대도시**–인구 순위 두세 번째 정도
4. **수도**–혹은 최대 도시–**와는 다른 개성을 가진 문화**

부산의 지형은 많은 인구가 모여 살기에 좋은 환경은 아니다. 서울도 산이 많긴 하지만 산들이 주로 도시 외곽을 감싸고 있는 분지 형태인 데 비해 부산은 도심 한복판 여기저기에 그야말로 '박혀 있는' 산과 산 사이의 좁은 평지를 따라 주거지가 형성되어 있기 때문이다.

대도시로 발전하기에 유리하지 않은 입지 조건이지만, 한반도 동남단이라는 지정학적 조건이 대일관계와 한국전쟁 등의 역사적 상황과 맞물려 급속도로 팽창하게 된 경우다. 좁은 곳에 갑자기 인구가 몰리다 보니 주거지가 언덕 위까지 확장하면서 파도처럼 이어지는 산동네와 좁고 구불구불한 언덕길 같은 독특한 풍경이 만들어졌다.

인구 3백만 도시의 한복판에 자리한 거대한 해변의 번화한 열기는 부산

을 정의하는 중요한 특징이고 항구 도시가 가지는 거칠고 투박한 남성스러움, 하지만 외부와 연결된 유연함이라는 양면적인 개성은 서울과는 구별되는 부산만의 고유한 개성을 정의해주는 것 같다(독특한 방언도 큰 역할을 한다).

리우데자네이루에서 부산을 떠올릴 수 있었던 것은 앞의 네 가지 조건을 모두 만족시켰기 때문이다. 일본 오사카는 3, 4번의 조건에서는 거의 완벽한 부산의 닮은꼴이지만 대체로 평지인 데다가 항구가 있음에도 불구하고 번화한 해변이 없어서 그런지 바닷가 느낌이 별로 나지 않는다. 상하이, LA, 바르셀로나는 2, 3, 4번 조건은 대체로 만족하지만 주로 평지라는 점에서 '부산 같다'는 느낌을 받기 어렵다.

프로방스 일정의 첫 도시 마르세유, 공항에서 버스를 타고 도착한 마르세유 중앙역을 나서며 만난 첫 풍경은 언덕을 따라 넘실거리는 붉은 지붕들이었다. 마르세유 중앙역에서 곧게 난 내리막길을 따라 바다로 내려가서 항상 사람들로 붐비는 마르세유 구 항구에 도착하고 나자 '부산 같다'는 확신이 들었다. 언덕 꼭대기에 세워진 마르세유의 랜드마크 노트르담 성당에 오르면 부산의 용두산 공원에서 내려다보는 것처럼 반짝이는 바다와 항구가 한눈에 보인다. 완만한 구릉을 따라 끝없이 이어지는 빛바랜 주황빛의 '프로방스 색' 지붕들도 파도처럼 이어진다.

프랑스 남쪽에 자리한 이 항구 도시는 부산을 닮았다.

마르세유는 오래된 항구 도시로서 역사적으로 지중해와 중동 지역으로 통하는 관문 같은 도시다. 지리적으로 가까운 북아프리카의 알제리, 모로코 출신의 이민자들이 지중해를 건너 마르세유를 통해 프랑스로 들어왔고, 이곳에 정착한 탓에 북아프리카 출신 사람들이 마르세유 인구의 4분의 1 이상을 차지하고 있다고 한다(알제리 이민자의 아들인 지네딘 지단도 이곳 마르세유에서 태어났다). 그런 마르세유 거리의 분위기는 파리와는 확연히 구별되는 느낌을 풍긴다. 때문에 프랑스에서 두 번째로 큰 도시임에도 불구하고(1위 파리, 3위 리옹), 많은 타 지역 프랑스 사람들은 마르세유라는 도시에 큰 이질감을 느낀다고 한다. 여행 중에 만난 어떤 프랑스인–리옹 출신–은 마르세유에 갔었다는 내 말에 그곳은 프랑스가 아니라고 말하기도 했다.

마르세유의 건물들은 낡았고 길도 좁고 복잡하다. 도심을 오가는 행인들의 표정에서도 왠지 거친 인상, 경계하는 느낌이 많이 났지만, 한편으로는 이른 아침 수산물 시장의 활기처럼 왁자지껄함 속의 거친 정이 느껴지는 도시이기도 하다.

부산에 처음 다녀 온 서울 사람이 들려줄 법한 고향의 첫인상을 지구 반대편의 낯선 도시에서 발견한다. 마르세유는 치안이 좋지 않아서 여행자들 사이에 그리 인기 있는 도시는 아니지만, 나에게는 지구상에 몇 되지 않는 특별한 도시였다.

marseille france

행복 단련

> 나에게 '추억의 수집'과 함께 여행이 주는 가장 큰 선물은 '행복에 대한 학습'이다. '행복'이라는 단어를 뼛속까지 체험하는 경험을 통해 아득하고 거창하게 느껴졌던 행복이라는 것이 의외로 쉬운 것임을 깨닫는 일. 배낭 하나 속에 나에게 필요한 최소한의 물건만 넣고서 낯선 땅을 헤매고, 일상의 복잡함에서 벗어나 당장 오늘은 어디에서 자고 무엇을 먹을지 따위의 고민으로 하루를 보내다 보면 멀어 보이던 행복이 얼마나 가까이에 있고 사소한 일인지 알아차릴 수 있다.

여행 중 가장 행복했던 순간이란 오랫동안 꿈꿔온 장소에 갔다거나 그림같이 멋진 풍경을 보았던 때가 아니다. 배가 부르다는 것, 오늘 잘 곳이 있다는 사실만으로 노후 준비를 마친 것처럼 안심이 되고, 아침에 일어났을 때 머리맡 생수병에 마실 물이 한 모금 남아 있다는 사실만으로 감사하는 것. 여유롭게 마시는 차 한 잔이 얼마나 향기로운지, 어슬렁거리며 저녁 먹을 식당을 고르고, 낯선 이름의 맥주의 시원함에 감탄하는 것, 싸구려 숙소에서 책을 읽으며 뭉그적거리고, 음악을 들으며 산책하고, 유치한 메모를 끄적이는 나 자신이 세상에서 제일 멋있다고 착각하는 것. 추억의 밑그림은 장소와 풍경이지만, 색을 칠하고 농담을 더해서 기억의 질감을 결정하는 것은 사소하리만치 소소한 행복의 부스러기들이다.

여행이란 이런 소소한 행복을 발견하는 훈련이다. 근육을 반복적으로 운동해서 단련하듯 여행 중에 소소한 것에서 만족하고 기뻐하는 경험을 학습하고 나면, 돌아온 일상에서도 작고 하찮은 일들에서 행복을 찾을 수있는 '발달된 근육'을 가질 수 있다.

여행에서 특별히 거창한 무엇을 얻겠다고 의도하지 않아도 낯선 풍경 속에서 나에게 주어진 낯선 자유가 주는 하루하루의 소박한 즐거움들 사이에서 결정적이고 소중한 무언가가 자라나고 있었던 것 같다. 앞으로 '무엇'이 되든 간에 어떻게든 일상에서 행복의 조각들을 찾아내어 더할 수 있을 것 같은 자신감, 그리고 그 '무엇'이 되겠다는 목표보다 '어떻게' 살고 싶다는 방식에 대한 목표를 위해 나 자신을 최대한 사랑하는 방법을 배우는 것. 여행이 나에게 준 가장 큰 선물이다.

varanasi. india

varanasi. india

대 체 로 행 복

> 나는 행복한데 행복하지 않은 사람과 이야기하는 일은 참 고역
이다. 반대로 내가 불행할 때 행복한 사람과 대화하는 것도 즐거운 시간
은 아니다. 내가 행복할 때 주변 사람들 모두가 행복하고, 친구들이 기분
좋을 때 나 역시 즐거운 일이 있다면 더 바랄 나위가 없겠지만, 모두가 치
열한 21세기 대한민국에서는 쉽지 않은 일이다.

내가 기쁜 일이 있을 때면 상대방은 힘들더라도 나와 함께 기뻐해주길 바
라고, 내가 불행할 때는 상대방은 아무리 좋은 일이 있더라도 나를 위로
해주길 바라는 마음. 우리 모두에게 그 정도의 여유가 있으면 참 좋겠지
만, 대체로 그렇지 못한 현실은 불행과 불화의 원인이 되곤 한다.

일상에 비해 여행에서 만나는 인간관계가 즐거운 이유 중 하나는 나를 포

함한 '모두가 행복하다'는 것이다. 수백 가지 일상으로부터 이곳으로 떠나오기까지 각자가 겪은 우여곡절과 사연들은 다양하고 여행 중에도 저마다 수백 가지 감정을 겪었겠지만, 한 가지 공통점이 있다면 지금 '대체로 행복'하다는 것.

일상에 남겨두고 온 소중한 것에 대한 그리움도 가지가지, 예측할 수 없는 하루하루의 에피소드에 따른 사소한 기분 차이도 있겠지만, 똑같이 반복되던 그곳이 아닌 어딘가로 떠나왔다는 것, 평생 기억될 소중한 기억 속 장면을 함께 걷고 있다는 것, 그래서 이곳에서 스치는 한밤의 기분 좋은 바람 속에는 여행자 모두가 함께 느끼고 있는 낯선 생기와 들뜬 감흥의 동질감이 담겨 있다.

가끔씩 마주치는 외로움과 무덤덤함, 미지의 세계에 대한 두려움과 피로, 불친절과 바가지에 의한 불쾌와 의기소침조차도 여행자만이 가질 수 있는 낭만적인 특권이라는 것을 알기 때문에 여행지에서 처음 만나는 사람과 즐겁게 대화를 나눌 가능성은 일상의 인간관계에 비해 10배 이상 높다. 나의 행복이 타인을 불편하게 하는 일이 없으며, 나의 불행이 타인에게 전달될까 걱정하지 않아도 되는 초현실적 장소다.

그래서 그런지 여행 중 맥주 몇 잔에 취기를 느낄 때면 머릿속이 텅 비고 몸이 붕 뜨는 듯 마냥 좋고 신이 난다. 아무리 기쁜 일과 즐거운 대화가 함께하더라도 현실적인, 그래서 조금은 비관적인 고민이 항상 따라오는

sanaa. yemen

hunza. pakistan

일상 속 취기에서 느껴지는 '구슬픔' 따위 없이, 불순물 하나 없는 정제수 같은 순도 100%의 '신남'을 즐길 수 있다.

눈앞의 현실을 마치 다른 세상일로 치부해버리는 도피여도 상관없다. 누가 뭐래도 여행의 가장 큰 선물은 '자아 성찰'이 아니라 '고민 없음'이니까.

준비물

▷ 여행지에 도착하고 서울에서부터 짊어지고 온 가방을 처음 열었을 때의 느낌, 능숙한 척하지만 꽤 낯설다. 일상에서 바리바리 챙겨온 그 가방 속에는 '일상의 것이 아닌' 물건들이 가득 담겨 있다. 일정이 반년이든 일주일이든 짐의 무게는 같다. 일주일 여행 중 빨래를 하지 않을 작정이라면 더 무거울 수도 있고. 그러고 보면 살아가는 데 필요한 물건은 별로 없다. 보잘것없다. 행복에 필요한 준비물도 별것 없다.

kathmandu◦nepal

야경의 의미

> 상하로 장대하고 좌우로 광활한 마천루들이 이루는 뉴욕의 야경은 눈부시다. 엠파이어스테이트빌딩이나 록펠러 타워 등 맨해튼 한가운데 우뚝 솟은 초고층 빌딩의 전망대에서 주변을 360도 둘러보는 것도 좋지만, 강 건너 −정확히는 해협− 브루클린에서 바라보는 맨해튼의 야경이 더 기억에 남는다.

여행하다 보면 이런저런 곳에서 야경을 기다리게 된다. 사막, 바닷가, 산 정상. 아니면 길바닥에 자리 잡고 앉아서, 혹은 전망대 유리창 안에서 해가 지기를 기다린다. 추위와의 싸움을, 혹은 새삼스럽게 느린 천체의 운동에 대한 지겨움을 견디며 내가 기대하는 것은 어둠 속에 박힌 보석처럼 반짝이는 밤의 풍경 자체보다는 낮의 풍경이 점차 밤의 풍경으로 변화하는 '과정'을 보는 일이다. 뚜렷이 보이던 건물과 도로의 윤곽선이 새까만 어둠에 점차 지워짐과 동시에 점점 밝아지는 도시의 불빛들이 만드는 가상의 선들이 검은 캔버스 위에 점차 드러난다.

태양이 느리게 퇴장하고 슬그머니 나타나는 밤의 어둠이 낮의 풍경을 대체하는, 더디지만 꽤나 극적인 야경의 등장은 시간이 흐르면서 서서히 형성되는 '여행의 기억'과도 닮아 있다. 아무리 몰입해서 본 책도 영화도 시간이 지나고 나면 구체적인 스토리나 묘사는 점점 흐릿해지고 '어땠다' 정도의 단순한 감상과 몇 개의 장면으로 기억되곤 한다. 마찬가지로 여행도, 그리고 감상을 동반하는 대부분의 경험과 기억들은 시간이 지나면서 점점 '덩어리' 같은 것으로 자리를 잡아간다.

"막상 시작되면 눈 깜짝할 사이에 끝나고 마음에 남는 것은 기억의 웃물뿐. 끝난 후에야 겨우 여러 장면의 단편이 조금씩 기억의 정위치에 자리 잡아가며 보행제 전체의 인상이 정해지는 것은 훨씬 나중의 일이다. 그때는 어떤 인상으로 남게 될까." _ 온다 리쿠, 〈밤의 피크닉〉

여행의 순간이 사실주의 그림이라면 여행의 기억은 인상주의 작품 같다. 시간이 지날수록 세밀하고 정밀한 묘사는 생략되고 주관에 의해 내면에서 왜곡된 인상impression으로 칠해지는 여행의 기억. 짙은 어둠 속에서 밤의 불빛이 밝아진 후에는 지겨우리만치 쳐다봤던 낮의 풍경은 거짓말처럼 기억나지 않는다. 밤하늘의 별을 흔들리고 뱅뱅 도는 선명한 질감으로 캔버스 위에 옮긴 고흐의 그림처럼, 시간이 지나며 흐릿해지는 기억의 디테일과 함께 나만의 감상에 의해 유독 짙어지는 몇 개의 '느낌'만이 오래도록 반짝인다.

시간이 지나면서 가라앉을 것들은 가라앉고 떠오를 것들은 떠오르고 나면, 그리고 지금 이 순간의 생생한 조각들이 점점 더 낡은 기억이 되어가면 몇 개가 사라져버리고 몇 개가 남게 될까. 밝을 때 드러나는 화려함이 어둠의 장막 뒤로 가려져 버리는 풍경도 있고, 궁색한 한낮의 민낯이 밤과 조명 덕분에 환생하는 장소도 있다. 지금 이 시각은 어둡고 깊은 기억의 밑바닥에서 또 어떤 색깔로 반짝이고 있게 될까.

"세상 모든 모서리를 확대하며 해가 진다. 해 질 녘, 그 시간은 유독 사물이 물성보다는 그 실루엣으로 다가온다. 모든 사물이 훤히 다 보이던 낮 시간엔 못 보았던 것이 나타나고, 안 보이던 것을 발견한다."

_ 김소연, 〈시옷의 세계〉

new york. U.S.A

new york. U.S.A

일상의 관성

≫ 누군가와의 마지막 혹은 오랫동안 못 볼 것을 알고 있는 이별의 순간, 상대의 얼굴을 애틋한 마음으로 쳐다보며 이목구비를 기억해두려 애쓰는 것처럼, 카메라 셔터를 수없이 눌러댔던 장소를 떠나면서 아쉬운 발걸음을 돌리려다 한 번쯤 다시 뒤돌아본다.

한참 동안 쳐다보며 덧쓰고 덧그린 감각의 두께, 여러 자리에서 다른 각도로 수많은 사진 속에 담아둔 이 정도의 정성이라면 바다의 생선을 활어차에 실어 산동네까지 산 채로 운반하는 것처럼 지금 이 순간을, 기분을, 느낌을, 미래의 일상 속으로 고스란히 옮겨둘 수 있을 것만 같다. 내 머릿속 기억의 아쿠아리움, 가장 중요한 수조에 고이 간직해두면서 지칠 때, 갑갑할 때면 언제든 찾아가서 하염없이 바라볼 수 있을 거라고.

가장 마음에 들었던 여행지, 특히 좋았던 여행의 순간, 제일 아름다웠던 풍경을 기억해두려 애쓴다. 줌아웃과 줌인으로 사방을 훑고 클로즈업으로 디테일을 높이며 촬영한 망막의 동영상을 대뇌의 어디쯤 있는 장기 기억 영역까지 직접 짊어지고 가서라도 확실히 '저장'해두고 싶다. 하지만 '저장'해두려 애썼던 노력은 일상의 거대한 관성에 비하면 보잘것없는 무게일 뿐이라서 일상의 불이 다시 켜지는 순간 흘러가 버린 꿈이 되어버리고 만다. 그때의 장면과 감정을, 갖가지 사소한 바람, 냄새, 소리, 온도 등을 떠올리려고 애를 써보아도 그것은 어려운, 어쩌면 거의 불가능한 일이다. 사진을 보아도 영상의 테두리가 뿌연 것이 꿈속 장면인 듯 비현실적이고, 그 위에 내 모습을 포개보려 해도 합성한 사진처럼 어색하기만 하다.

일상으로의 복귀는 빠르다. 정말 빠르다.

낯선 곳, 낯선 공기, 낯선 자리에 앉아 낯선 맛의 음식을 먹으며 낯선 라벨의 맥주를 마시고 있다 보면, 혹은 일상에 없는 여유와 느긋함을 당연한 것처럼 매일매일 누리고 있노라면, 일상으로 돌아가서도 여운이 꽤 오래갈 것 같아서 흡족해지기도 한다. 하지만 익숙한 환경 속으로 귀환하는 순간 자정이 지난 신데렐라처럼 모든 마법이 해제되고 원래의 내 모습으로 돌아온다. 며칠, 몇 주, 심지어 몇 달의 공백이 무색할 만큼 능숙하게 보일러를 틀고 머리를 감고 출근길 지하철을 타다 보면 지난 여행의 이국적 풍경과 감각들은 짧은 꿈이었던 것만 같을 때가 있다. 사진을 보면 분명히 간 것 같은데 내가 여행을 다녀오긴 했던 걸까, 달력에서 여행 기간만큼이 거짓말처럼 사라져버린 듯 인천공항에서 출국하고 입국하던 풍경은 꿈의 첫 장면과 끝 장면인 것 같다고 말이다. UFO에 납치되었다가 그곳에서의 기억은 삭제된 채 지구로 돌려보내졌는데 주머니에 손을 넣어보니 정체불명의 물건 하나가 잡히는 것 같은 기분.

여행이 아무리 길어도 여행은 여행일 뿐, 일상의 무게에 비하면 깃털처럼 가벼워서 쉬이 날아가 버린다. 인간이 만든 물체를 아무리 멀리 쏘아 올려도 지구의 중력권을 완전히 벗어나지 않는 이상 금세 땅으로 되돌아오는 것처럼 일상의 관성은 어마어마하다. 일상의 인력을 벗어나려면, 그래서 그곳의 삶이 새로운 일상이 되려면 이민이든 유학이든 여행과 비교할 수 없을 만큼 긴 시간이 필요하다. 기껏 여행 다녀온 것이 억울하기도 하고 아깝게 느껴질지도 모른다. 한 가지 다행스러운 점이 있다면 사람과의 이별은 대체로 그때가 마지막인 줄 알지 못하는 반면 여행은 마지막 순간임을 잘 알고 있으니 노력이라도 해볼 수 있다는 것.
하지만 그 덕분에 다시 여행을 떠날 수 있는 것인지도 모르겠다. 다시 떠난다고 해서 여행의 기억이 활어차 속 생선처럼 산 채로 돌아올 리는 없다. 일상의 중력장에 의해 왜곡되고 생생함이 사라지는 대신 중요한 건더기만 남게 되는 여행의 기억이란 잘 숙성되어 활어회보다 식감도 좋고 감칠맛이 풍부한 선어회 같은 것인지도 모르겠다. 생선 근육 내의 ATP가 분해되며 생성되는 이노신산이 육질과 맛을 돋우듯, 갓 잡아 올린 여행의 기억이 일상과 시간이라는 효소에 의해 해체되고 재조립되면서 가라앉을 것은 가라앉고 떠오를 것은 떠오른다. 덕분에 잊을 만하면 월척을 꿈꾸며 다시 바다로 나갈 수 있는 것인지도 모르겠다.

여행도 좋고, 일상도 좋다. 떠난 여행도 좋고, 돌아온 일상도 좋다. 낯선 장소를 헤매는 짜릿함만큼이나 그리운 집에 돌아와서 익숙한 물줄기로 샤워를 하고 내 몸에 최적화된 침대에 누울 때의 안락함도 좋다.

"기억은 과거의 존재를 연장해주지 않는다.
그것은 다만, 과거가 영향을 끼치는 한 방법일 뿐이다."
_ 버트런드 러셀, 〈종교와 과학〉

shibam. yemen

act 2

여행자와
　　　어른여행자
사이,
　　　그
언　저　리

어른여행자

> 배낭여행backpacking이란 무엇인가? 여행자traveler와 관광객tourist은 어떻게 구별되나? 연속적인 파장의 스펙트럼인 무지개에 일곱 가지 이름표를 붙이고 경계가 불분명한 시간에 임의로 선을 그어 계절을 구분짓는 것처럼 '분절*의 유혹'은 인간의 보편적 특성인 것 같다.

각자 가고 싶은 곳에 가서 각자 하고 싶은 일을 하기 위해 시간과 돈을 소비하는 것이 여행이거늘, 여행자와 관광객 사이에 경계를 정하고 특정한 여행법에 '배낭여행'이라 이름표를 붙이는 것이 무슨 소용이냐 싶지만, 최근에 탄생한 듯한 '플래시패커flash-packer'라는 용어는 분절의 유혹을 느끼게 한다. 플래시패커는 '경제적 여유가 있는 30대 배낭여행객'을 일컫는 말이다. 한 인터넷 사이트에서는 '배낭여행객backpacker의 모험 정신을 가지고 자유로운 여행을 즐기지만, 조금 더 편안함과 스타일을 추구하며 하이테크 장비를 갖추고 있는 여행자'라 정의하고 있다. 또 다른 사이트에서는 몇 가지 설명과 함께 대표적인 예로 '12시간 치킨 버스를 타는 대신 100달러를 내고 비행기로 한 시간 만에 이동하는 것을 선택하는 사람'이라고 적혀 있다. 이 풀이를 읽고 뜨끔했던 것은 32살의 태국 여행에서 정확하게 앞 예시에 해당하는 사람이 되었기 때문이다.

방콕에서 태국 북부의 치앙마이로 가는 이동 방법은 2~3만 원 야간버스(10~12시간), 2~3만 원 야간열차(12~13시간), 6~10만 원 비행기(1시간) 등의 옵션이 있었다. 떠나기 전 계획은 오랜만의 야간열차였지만, 방콕을 여행하는 며칠 동안 수없이 결정을 번복하다가 결국 비행기표를 샀다. 태국의 여름에 땀범벅인 채로 야간 이동을 할 수는 없다고, 비수기라 저가 항공은 별로 안 비싸다고 스스로를 설득했지만, 아무에게도 미안해할 필요 없는 죄책감 같은 미묘한 감정이 생기는 것은 '배낭여행자'로 여행계에 입문한 '출신' 때문인지도 모르겠다.

몇 년 전 태국보다 훨씬 무더웠던 한여름의 인도에서 야간열차에 누워 '이동도 하고 숙소 값도 굳히는 일석이조 야간 이동이야말로 여행자에

---

*사물을 마디로 나눔. 또는 그렇게 나눈 마디. 정바비 에세이 〈너의 계절이 나를 스칠 때〉에 '분절의 유혹'이라는 말이 나온다.

게 내려진 축복과도 같은 것'이라 감사했었다. 남미 대륙을 종단하면서 20~30시간씩 타는 버스도 불편하지 않았는데 말이다.

수시로 바뀌는 주가와 환율처럼 나의 '여행 시장'에서는 시간-돈 사이의 교환 가치가 변동한다. 수급 불안으로 가격이 폭등하는 희토류처럼 '어른의 시장'에서는 여행이라는 재화의 공급이 불안정해지고, 그만큼 여행 중 시간의 가치는 천정부지다. 시세가 부쩍 높아진 여행의 시간을 위해 두둑한 현금을 지급할 배포를 가진 나는 '어른여행자'가 되어 있었다. 무엇보다 가격에 대한 전투력이 급격히 저하되었다. 근거 없는 사명감으로 콜라값 몇십 원을 깎으려 애쓰던 때가 있었는데, 이제는 애교 같은 바가지에 반쯤 웃으며 오케이 오케이. 돈 몇 푼보다는 내 감정의 안위와 에너지의 절약이 더 중요해졌다. 예전에는 잘만 끌어안고 자던 저렴한 숙소의 침구류가 언제부터인지 찜찜해져서 뽀송뽀송한 이불과 조금 더 나은 위생을 위해 지불할 수 있는 숙소의 가격대가 높아졌다. 아무리 물가 싼 나라를 여행하더라도 메뉴판의 가격을 거듭 확인하고 총액을 계산한 후에 음식을 주문했었지만, '플래시패커'가 된 여행에서는 주문한 음식의 가격을 잊고 있다가 계산할 때가 돼서야 얼마였더라, 라며 기억을 더듬고 있는 나를 발견한다.

예전에는 '사치'라고 생각했을 맛난 음식을 매일같이 찾아 먹으며 물가 비싼 나라에서도 맥주 한 잔 더 시키는데 주저하지 않는다. 남미에 다녀

la habana. cuba

오며 지구 한 바퀴를 돌고도 마일리지를 제대로 쌓지 못했지만, 이제 연회비 내는 신용카드로 악착같이 마일리지를 쌓고 라운지 카드도 받았다 (처음 '공항 라운지'라는 곳에 들어갔을 때는 마치 몰래 당구장 가는 고등학생 같은 기분이 들었다).

내가 변하면서 여행이 바뀌고, 여행에 따라 나도 달라지듯, 여행 중에 낯선 사람과 쉽게 섞이지 못하고 말 한마디 붙이기가 망설여진다. 예전에는 참 쉬웠던 일인데 말이다.

치앙마이로 가는 비행기 탑승구에서 훑어본 승객들이 대부분 가족 여행객들인 걸 보고선 내가 '배낭여행자'들을 배신하고 혼자 편하자고 꼼수를 쓴 것만 같은 기분이 들었다. '저 원래 비행기 타고 다니는 사람 아니라구요'라고 이마에라도 써 붙이고 싶은 심정. 대단한 사치를 한 것도 아니며 아무에게도 미안해하거나 부끄러워할 일도 아닌데, 이상한 자격지심이다. 아직은 '어른여행자'라는 것이 약간은 창피한 '초보' 어른여행자.

배낭여행계에 '근본주의' 같은 것이 있다면 플래시패커의 여행은 초심을 잃은 기회주의적 이단으로 비난받을 테지만, 앞으로 나의 여행이 10년 전의 여행법으로 돌아갈 것 같지는 않다. 머지않아서 더 이상 배낭여행의 '근본주의'를 동경하지 않고, '어른여행자'로서의 자격지심 같은 과도기적 모호한 감정도 사라질지 모른다. 모든 것을 내던지고서 떠나는 여행에서 인생을 바꿀 만한 극적인 경험을 기다리기보다 현실의 끈을 붙든 채로 최대한 얄밉게 시간과 돈을 쓰는 여행에서 지금 내 인생의 안녕함을 확인하길 기대할 것이다.

언젠가 다시 긴 여행을 떠나게 된다면 어떤 모습일지 잘 모르겠다. 여행의 종류와 방법을 정의하고 분절하는 것은 무용하다고 생각하지만, '여행'이란 행위의 의미만은 만고불변의 진리가 아닐까.

'각자 가고 싶은 곳에 가서 각자 하고 싶은 일을 하기 위해 각자 최적화된 방법으로 시간, 돈, 에너지를 소비하는 것.'

내가 앞으로 어떤 여행을 하든지 여행 자체의 의미는 퇴색되지 않을 것이다.

SL class of a train, india

숙소의 경제학

▷ 아침 8시에 눈을 떴을 때, 호스텔 도미토리룸의 2층 침대 하늘색 커튼을 걷고서 둘러본 바깥세상은 아직도 꿈속이다. 침대마다 달린 커튼에 가려 아무것도 보이지 않지만, 평화로운 숨소리들과 더 편한 자세를 찾는 이불 속의 뒤척임은 비스듬히 들어오는 아침 햇살 속에서 더할 나위 없이 고요하게 들린다.

뉴욕 여행에서 꽤 오랜만에 호스텔 도미토리룸에서 묵었다. 가장 최근의 도미토리는 10여 년 전 브라질의 리우데자네이루, 조금 더 돌이켜 나의 첫 도미토리는 15여 년 전 폴란드의 크라쿠프였던 것 같다. 좀 더 사전적인 의미로 인생의 첫 도미토리, 그러니까 가족이 아닌 누군가와 함께 방을 쓴 첫 경험은 대학 기숙사였다. 대단한 사회생활을 하는 것도 아니면서 방에서만큼은 혼자 있고 싶다며 '고의로' 룸메이트와 교류를 많이 하지 않았던 내 기숙사 생활 2년은 '룸메의 의도적 타인화'로 요약할 수 있다(두 룸메이트 모두 좋은 사람들이었는데…).

그런 내가 여행을 다니면서는 도미토리에서 잘만 잤다(무려 16명이 함께 쓰는 도미토리까지). 누군가와 함께 있는 일상의 낮은 외로운 밤을 통해 충전되지만 혼자 보내는 여행의 낮은 사람 냄새 나는 밤을 기다리는 것인지도 모르겠다, 라고 쓰면 허세고, 경제적인 이유가 첫 번째다 물론.

시간과 숙박비를 동시에 절약할 수 있는 야간열차의 마법처럼 숙박비를 아끼면서 다양한 사람을 만날 수 있는 도미토리를 두고 왜 비싼 숙박비를 내는지 이해할 수 없던 시절도 있었다. 하지만 언젠가부터 나만의 화장실과 샤워실이 훨씬 더 소중해지는 시간이 찾아왔다. 남 눈치 보지 않고 방을 어지르고 침대에 널브러져 있는 것, 원치 않을 때 개인 영역을 침범당하지 않고 사교와 외로움의 타이밍을 스스로 조율할 수 있는 권리를 가지는 것이 도미토리가 주는 어떤 가치보다 중요해졌다.

"세계 각국의 친구와 어울려… 옳은 말씀이다.
그러나 내 나이쯤 되고 보면 화려한 사교 생활이나 국제적인 우정보다는 혼자 쓰는 화장실이 더 소중하게 느껴지는 순간이 온다."
_ 박정석, 〈화를 내지 않고 핀란드까지〉

기울기의 차이는 있겠으나 여행 숙소에 대한 눈높이는 나이에 따라 꾸준히 올라가는 것 같다. 나이에 따른 몸과 마음의 타협인지, 어쩌다 한 번 맛보게 된 '고급 숙소'의 안락함이 열어젖힌 판도라의 상자인지, 경제적 여유가 창출한 기회비용 때문인지는 모르겠지만, 늘리긴 쉬워도 좀처럼 줄이긴 어렵다는 집처럼, 자동차처럼, 한 번 올라간 숙소의 기준은 여간해서 내려오지 않는다.

나는 '배낭여행'을 잠시 쉬는 동안 캐리어 끌고 남의 돈으로 가는 '출장'을 몇 번 경험하며 '호텔의 맛'을 알아버렸다. 그래서 마치 은퇴한 지 한참 지난 투수가 모처럼 마운드에 올라서 예전 같지 않은 몸 생각 못 하고 강속구를 던지려 힘쓰다가 탈 나는 것처럼, 오래 쉬며 나이만 먹은 '전직 배낭여행자'에게 도미토리는 무리가 아닐까 걱정했었다. 하지만 오랜만에 돌아온 도미토리는 생각보다 쾌적했고, 몸도 '조금밖에' 불편하지 않았다(뉴욕은 숙박비가 아주 비싼 곳이니까, 도미토리도 40불이나 하는 곳이니까).

'혼자 쓰는 화장실의 소중함'을 누리기 위해 감당할 수 있는 금액은 앞으로 꾸준히 증가할 것이다. 1차 함수일지, 총 효용 곡선처럼 기울기가 점점 감소해서 어느 값으로 수렴하게 될지 아직 알 수 없지만, 어쨌든 숙소의 기준은 거시적으로 단조증가 함수에 가까운 것 같다.

'나' 사용법

> 누가 잘 지내냐고, 어떻게 지내냐고 물어보면 몇 년째 녹음테이프처럼 똑같은 대답을 하고 있다.

"나는 별일 없이 산다. 뭐 별다른 걱정 없다. 나는 별일 없이 산다. 이렇다 할 고민 없다."

장기하와 얼굴들의 '별일 없이 산다'가 나의 주제곡이랄까.

"나는 사는 게 재밌다. 하루하루 즐거웁다. 나는 사는 게 재밌다. 매일매일 신난다."

bangkok. thailand

말 그대로 '별일 없이' 살고 있다. 하루하루, 이번 주와 다음 주의 생활이 비슷하고 연간 일정도 비슷해서 단조롭지만, 매우 안정적이기도 하다.

"뭐 별다른 걱정 없이 이렇다 할 고민 없이 하루하루 즐거웁게 사는 게 재 밌다."

행복할 만한 특별한 일이 있어서가 아니라 별일이 없어서 행복하다. '어른'이 되어가면서 −혹은 단지 나이를 먹으면서− 마음의 관성이 커져서 웬만한 외부 자극으로는 쉽게 동요되지 않고, 웬만한 경험으로는 가치관도 바뀌지 않는다. 감정에 대한 '보수 성향'이 짙어져 파도나 돌풍이 예상되는 곳으로는 좀처럼 발을 들이지 않게 되었다.

무엇보다 나를 잘 알게 되었다. 내가 무엇을 좋아하고 싫어하는지, 나의 매력이 무엇이고 나쁜 점은 무엇인지, 내가 어떤 일을 할 때 가장 행복하고 어떤 순간을 제일 불편해하는지, 내가 남들에 비해 잘하는 일은 무엇이고 못 하는 일은 무엇인지. 이제는 내가 좋아하는 음식을 1위부터 5위까지 매길 수 있고, 내가 제일 좋아하는 맥주도 꼽을 수 있고, 나를 감동시킬 수 있는 음악과 책이 어떤 것인지 알고 있다. 내가 좋아하는 사람은 어떤 사람이고, 나를 좋아하는 사람은 어떤 사람인지에 대한 경험을 통해서 나와 친해질 수 있는 사람과 그렇지 않은 사람을 쉽게 구별해낼 수 있게 되었다.

직접 써보고 올리는 사용자 리뷰처럼, 이런저런 일을 겪어가면서 '나'라는 제품에 대한 꼼꼼한 매뉴얼을 어느 정도 완성한 것 같다. 차를 오래 몰다 보면 엔진 소리만 들어도 이상을 알 수 있다는 베테랑 운전자처럼, 나라는 개체에 어떤 입력을 가했을 때 어떤 출력이 나올지 꽤 숙지하게 된 것이다. 매뉴얼과 데이터 시트 덕분에 나의 성능과 한계를 정확히 알기에 무리하지 않고 어떤 상황에서 가장 안정적으로 달릴 수 있는지 알고, 잘 맞춰줄 수 있다. 그래서 몸은 낡아갈지언정 마음의 실수도, 무리도, 고장도, 불편과 아픔도, 20대에 비해 훨씬 적다.

누가 나에게 귀를 기울여줄 관심과 시간만 있다면 내가 어떤 사람인지, 어떻게 반응하며 어떻게 다뤄야 하는 '장치'인지 몇 시간 동안이라도 차근차근 설명해줄 수 있다. 예전에는 이상형이 뭐냐고 물어보면 머뭇머뭇, 예쁘고 착한 여자? 정도밖에 말하지 못했지만, 지금은 변태 소리 들을 만큼 구체적으로, 조목조목 자세히 설명할 수 있다. 어떻게 살고 싶다는 목표가 있고 가치관이 뚜렷이 생기고, 적당한 경험과 판단력이 있고, 적당한 호불호의 기준이 있고, 스스로를 잘 알게 된 후의 나는 지금껏 어떠한 나보다 행복할 가능성이 크다.

남들 하는 대로 따라 하던 여행도 있었다. 열차 패스의 본전을 뽑기 위해 동분서주하고, 밥값을 아끼는 대신 관심 별로 없던 미술관을 찾아가던 의무적 여행법도 겪어보았다. 여행의 경험이 많아서 좋은 것은 그만큼 두툼해진 추억뿐 아니라 여행자인 내가 어떤 순간을 제일 좋아하는지 잘 알게 되었다는 점이다. 순전히 나 자신을 즐겁게 하기 위한 여행을 할 수 있게 되었다. 거대한 자연보다는 다양한 방식으로 살아가는 '사람 구경'할 수 있는 여행, 계획은 세우되 세세한 결정에 대해 우유부단할 수 있는 여행, 사람 구경하기 좋은 곳에 멍하게 앉아서 맥주 한잔 할 수 있는 여행을 좋아한다. 덕분에 예전의 여행에 비해 짧은 시간이지만 밀도 높게 행복할 수 있는 것 같다.

특이하다

> '특이하다'는 말, 스무 살 무렵까지는 단 한 번도 들어보지 못했지만, 시간이 갈수록 점점 많이 듣고 있는 말이다. 학창 시절엔 무색무취에 가까웠던 사람, 특별히 문제를 일으키거나 유별나게 관심받을 일 없이 무난한 인간관계 속에서 튀지 않는 존재감을 가졌던 지극히 평범한 학생이었다. 누구 말처럼 '평범이라는 단어를 이마에다 문신으로 새기고 다녀도 사람들 눈에 띄지 않을 정도로 평범한 남자' 정도.

내가 생각하는 사춘기 나의 가장 특이한 점은 토이, 전람회, 패닉 등 나이에 비해 '노숙한' 음악을 즐겨 들었다는 것 정도지만, 그마저도 친한 친구가 아니면 내가 음반을 사고 음악을 즐겨 듣는다는 것도 몰랐을 것이다.

지금까지 지나온 길도, 좋아하는 것과 하고 싶은 것도 고만고만했던 학창 시절에는 주변 누구와도 사소한 일상과 취미에 대한 이야기를 나눌 수

hunza·pakistan

129

있었다. 하지만 하루키의 〈잡문집〉에 나오는 말처럼 '끊임없는 가치 판단의 축적이 우리의 인생을 만들어' 갔고, 가치 판단이 층층이 쌓인 취향의 퇴적암이 인생의 이런저런 압력과 온도를 받으며 다양한 색과 질감을 지닌 인생관이라는 변성암이 만들어졌다. 그 변성암들의 다채로움만큼 결이 비슷한 사람을 만나는 건 쉽지 않은 일이 되었다.

'꿈을 좇는다' 같은 거창함도 아니다. 주위로부터 영향을 받기보다 그저 나 하고 싶은 대로 살아왔던 것 같은데, 그래서 나는 조금도 달라지지 않은 것 같은데, 언제부턴가 특이하단 소리를 듣고 있다. 주변의 말에 휩쓸리지 않고 자신의 취향을 지키며 사는 일이 쉽지 않은, 기호도 꿈도 획일화된 우리 사회에서 나를 나답게 해줄 수 있는 일을 꾸준히 지속하는 것만으로도 쉽게 특이한 사람이 될 수 있는 것 같기도 하다.

여행을 하면서 길 위에 홀로 선 자유의 소중함을 느끼고, 사소한 비非일상의 순간에서 행복해지는 법을 배우면서 대한민국 평균에 비해 조금은 '현재'와 '현세'의 가치를 좀 더 소중하게 여기게 된 것 같기도 하다. 친구들과 만나면 재테크와 결혼 이야기만 하는 그저 그런 아저씨가 되는, 혹은 긍정적인 마음은 사라지고 짜증과 한탄이 늘어난 찌든 어른이 되는 시간이 조금 유예된 것 같기도 하다.

몇 년 전 후배가 "형 덕분에 세상엔 다양한 사람이 있다는 걸 알게 됐어

요"라고 해 당황스러웠지만, 지금은 남이 들려준 나에 대한 평가 중 가장 마음에 드는 말 중 하나가 되었다. 지금의 나, 이런 게 특이한 거라면 평생 특이하고 싶다.

'생각하는 대로 살지 않으면 사는 대로 생각하게 된다'는 폴 부르제의 격언이 단지 '서류상 좌우명'이 아니라 흐르는 물살 속에서도 방향키를 쥔 손에 힘을 놓지 않을 힘이 되길 바란다. 나중에 내 아이로 하여금 '나도 아버지처럼 살아야지'라는 생각보다는 '세상엔 다양한 사람과 삶의 방식이 있구나'라는 걸 보여줄 수 있는 어른이 되었으면 좋겠다.

지금 와서 생각해보면 여행이 나를 바꾼 게 아니라, 여행이 나를 변하지 않게 해주었다.

여행의 주제곡

▷ 음악과 여행은 떼려야 뗄 수 없는 상리相利 공생관계다. 여행은 음악의 가사와 멜로디를 더 와 닿게 해주고, 음악은 여행의 순간을 더 빛나게 해준다. 특별할 것 없는 음식과 맥주도 여행이 더 맛있게 해주는 것처럼 평소에 별 감흥 없던 음악이 여행 중에는 가사 한 줄, 멜로디 한마디가 가슴 콕콕 박히는 마법을 경험할 때가 많다. 단조로운 일상의 배경과 익숙한 상황 속에서는 이미 알고 있는 노래에 대한 평가가 좀처럼 바뀌지 않아서 '딱 꽂히는 노래'가 새롭게 등장하는 일이 흔하지 않다. 하지만 여행을 떠나고 사방 낯선 것들로 둘러싸이게 되면 같은 장소도 매 순간 다르게 보이고, 단조로운 풍경마저 볼 때마다 새롭게 느껴져서 '진가를 발휘'하는 음악이 새롭게 등장할 좋은 기회가 된다.

SM 오디션에서 탈락한 사람이 YG 오디션에서 높은 평가를 받기도 하는 것처럼, 일상을 무대로 한 오디션에서는 주목받지 못했던 노래들이 여행의 다채로운 배경과 다양한 감정 속에서 저마다의 숨겨졌던 매력을 뽐낸다. 마치 딱 이 순간과 공명하여 큰 울림을 주기 위해 그동안의 무관심을 인내해온 것처럼. 그래서 매번 여행을 갈 때마다 새롭게 떠오르는 신성新星 같은 노래, 혹은 나라마다 '주제곡' 같은 노래가 생긴다. 물론 지극히 개인적인 경험을 통해 만들어진 플레이리스트라서 타인과 공감하기는 어렵겠지만.

나에게 라오스의 주제가는 밥 딜런의 'I want you'였다. 명성에 비해 그의 노래를 별로 들어보지 않았고, 이 노래를 처음 알게 된 것도 원곡이 아닌 막시밀리안 헤커의 목소리를 통해서였다. 오랜만에 떠난 배낭여행의 '해방감'은 이 노래 전주 부분의 리듬이었고, 라오스의 '헐렁한' 분위기는 밥 딜런의 무심해 보이는 목소리였다.

브라질이라는 단어는 생뚱맞게도 하림의 '사랑이 다른 사랑으로 잊혀지네'를 떠오르게 한다. 브라질의 무덥고 느슨한 분위기와는 거의 대척점이라 할 수 있는 겨울 같은 노래지만, 당시 6개월 여행의 종착지였던 브라질에서의 감상, 마지막 야간버스, 마지막 도시, 마지막 숙소, 마지막 식사, 마지막 밤…. 하나둘씩 찾아오는 '마지막' 것들에 대한 특별한 아쉬움과 함께 개인적인 상황이 포개지면서 이런 믹스매치가 탄생했다.

인도의 SL클래스 야간열차와 해가 떠오르던 바라나시의 갠지스 강가에서는 궁상맞게도 토이의 라이브앨범을 들으며 엽서와 일기를 쓰고 있었다. 개인적으로 베스트앨범보다 라이브앨범을 좋아하는데, 특히 토이의 라이브앨범은 정말이지 최고의 라이브 명반이다(매우 주관적이다). 파키스탄 훈자의 2달러짜리 숙소 테라스에서 바라본 기막힌 경치를 떠올리면 항상 배경 음악으로 -역시 나라와 어울리지 않게- 두스코 고이코비치의 트럼펫 소리가 자동으로 재생된다. 남미의 길고 긴 야간버스에서는 넬의 음악을 밤새 반복해서 들었는데, 이상하게도 그 후로 넬의 음악은 별로 듣지 않는다. 홀로 독차지한 제주도 오름 꼭대기의 바람 속에서는 펫샵보이즈의 'Did you see me coming?'을 듣고선 술 적당히 마신 것처럼 신이 났다. 공항으로 가는 버스에서는 토마스 쿡의 '아무것도 아닌 나', 특히 아침 비행기를 타기 위한 어스름 새벽의 도로와 더욱 잘 어울린다. 속도감과 휙휙 지나가는 풍경이 있는 '모든 종류의 탈 것'에는 페퍼톤스의 노래가 어울린다.

여행을 다녀온 후 '그때 그곳'이 떠오르길 바라면서 '그때 그 노래'를 주구장창 듣기도 한다. 공연장에서 라이브로 들은 음악은 결코 전과 같이 들리지 않듯이, '여행의 주제곡'들은 추억이 있는 소리가 되고 기억이 얽힌 가사가 된다.

uyuni. bolivia

torres del paine, chile

la habana. cuba

여행자의 이기심

﹥ 앙코르와트 외곽에 있는 프레아칸 사원 출구를 빠져나온 나를 발견하고는 저 멀리서 흙먼지를 일으키며 달려오는 아이들은 2개에 1달러 하는 자석 기념품과 10장 묶어 1달러인 엽서 뭉치를 내민다. 아이다운 해맑음과 장사꾼의 노련함이 반반 섞인 표정의 녀석들은 일 년 내내 끊이지 않는 다양한 인종의 외지인들을 보면서 지구 반대편 누군가가 평생 가보고 싶어 하는 장소이기도 한 '우리 동네'의 전 세계적 유명세를 짐작할 뿐, 어릴 때부터 보아 온 집 근처 오래된 돌무더기의 고고학적 가치와 예술적 완성도에는 관심 가질 여유가 없을 것이다.

여행에 관심이 없는 사람도 누구나 알고 있을 만큼 세계적으로 유명하고 많은 글과 영상들이 죽기 전에 꼭 봐야 할 인류의 유산이라 부추기는 곳. 하지만 현지 물가에 비해 터무니없이 비싼 입장료 때문에 가난한 현지인과 돈 쓰러 온 관광객이 물과 기름처럼 완전히 분리되는 곳. 앙코르와트, 타지마할, 마추픽추처럼 가난한 나라가 가진 '슈퍼스타'급 관광지의 불편함이다. 적은 돈으로 몸이 편해질 수 있는 것만큼 마음이 불편해지기 쉽다.

앙코르와트를 둘러보는 개별 여행자들이 주로 이용하는 뚝뚝을 하루 대절하는 비용은 10달러가 채 되지 않는다. 혼자든 셋이든 뚝뚝 요금은 큰 차이가 없어서 혼자 이용하면 그만큼 부담이 커지는데, 더 많은 돈을 쓰는 것만큼 마음은 한층 더 불편해진다. 택시라면 나란히 앉아가면서 이야기라도 할 수 있을 텐데 기사 부리는 사장이나 마부가 모는 마차처럼 혼자 뚝뚝 뒷자리에 편히 앉아서 하루 종일 먼지를 뒤집어쓰는 뚝뚝 기사의 뒷모습을 바라보는 마음은 그리 편하지 않다.

앙코르와트에서 멀지 않은 곳에 수상가옥으로 유명한 톤레삽 호수를 가지 않은 것도 그런 불편한 마음 때문이었다. 캄보디아의 빈곤함이 적나라하게 드러나는 그곳의 풍경을 얼핏 알고 있었기 때문에 '부유한' 외국인으로서 그들의 일상을 '구경'한다는 것 자체가 죄책감이 들 것 같아서 겁이 났다. 또 한편으로는 이방인이 바라보는 눈길 자체가 그들에게 폭력적일 수도 있다는 생각, 혹은 내가 가진 기준으로 그들의 삶을 '불행'이

angkor wat. cambodia

라고 판단하는 것 자체가 '자비로운 식민주의자'의 시선과 다를 바 없다는 생각도 떨치기가 어려웠다. 다른 이를 배려한다는 생각이 결국 스스로 윤리적인 만족감을 채우는 것으로 끝나버린다면 흙탕물로 밥을 짓는 그들의 모습을 사진으로 남기는 사람들과 그것이 싫어 가지 않은 나 사이에 어떤 차이가 있는 것인지 잘 판단이 서지 않는다. 그들의 생활을 바꿀 능력도 의지도 없는 단기 여행객으로서 '자비로운 식민주의자'의 가면을 벗는 것이 어렵다면, 그나마 '이기적인 여행자'의 마음을 버리는 것은 좀 더 쉽지 않을까.

오랜만에 찾은 여행지에서 예전에 느꼈던 가난함과 그에 따른 순수함이 사라졌다고 해서 "이제 여기도 변했네"라고 말하는 것은 여행자의 이기심일지 모른다. 몇 년에 한 번 찾는 장소와 사람들이 내 추억 속의 테마파크처럼 그대로 이길 바라는 것은 욕심이다. 우리보다 생활 수준이 낮은 여행지에만 국한되는 이야기는 아니라 경춘선이 물길을 따라 굽이굽이 돌아가던 옛 운치를 잃어버렸다고 비판하는 '여행자'의 마음도 비슷하다. 터널 구간이 많아 경치가 없고 찍어낸 듯한 기차역이 휑한 벌판 위에 우뚝 솟아 있는 전철 경춘선은 분명 '운치'가 덜해졌지만, 매주 서울에 가야 할 일이 있는 경춘선 주변 주민들의 편리함을 생각한다면 일 년에 한두 번 경춘선을 타는 사람에게는 그런 판단을 할 자격이 없는 것은 아닐까 하는 생각이 든다.

앙코르와트 주변 사람들이 관광객들에게 바가지를 씌워서라도 그들이 지금보다 좀 더 잘살고('잘산다'는 것 자체가 주관적이지만), 닳고 닳은 표정으로 외지인들을 요령껏 상대해서 더 많은 아이들을 학교에 보낼 수 있으면 좋겠다. 그것이 그들에게 더 나은 방향이라면, 일생 한두 번 그곳을 찾는 외지인에게 여행지로서의 호기심과 매력이 사라지더라도 끊임없이 '변하길' 바란다. 괜한 오지랖인지도 모르겠지만.

9년 전의 나보다

> 다음 글은 9년 전에 쓴 〈The Way : 지구 반대편을 여행하는
법〉에 실렸던 글이다. 심야의 감상적 일기나 과거에 진지하게 썼던 글
이 금세 태워버리고 싶은 부끄러움으로 변신하는 것은 해가 뜨는 것만
큼 자연스러운 일이지만, 일단 당시의 원고 그대로 아래에 옮겨본다(장
소는 '지구 최남단' 우수아이아였다. 지구 땅 끝에서 한 해의 끝을 보내는 나름 감상적
인 상황이었다).

"우수아이아에서 보냈던 2006년의 12월 31일. 지구의 끝에서 보내는 한 해
의 끝이라는 의미를 애써 부여하려 했지만, 이 작은 마을에 연말 분위기가
영 나지 않아서 그런지 아니면 벌써 24번째 맞는 연말이라 그런지 영 무덤
덤하기만 하다. 맥주 캔 하나 들고 바닷가에 혼자 앉아 24시를 기다리며

chiang mai. thailand

불꽃놀이라도 기대했으나 해가 바뀌었음을 알려주는 것은 부둣가의 배들이 울려대는 뱃고동소리의 불협화음뿐이었다.

지독하게 느리게 가는 시간에 화를 내던 시절도 있었다. 매년 연말에 연기대상 시상식과 보신각 종 치는 장면을 TV로 지켜보며 한 살을 더 먹고 어른이 되어간다는 사실에 이유 없이 기뻐하고 뿌듯해하던 시절 말이다. 생일날 밤에 잠들면서 어서 빨리 다음번 생일이 오길 바라던 기억도 생생한데, 그때 그토록 바라던 어른, 20대의 대학생이 된 지금의 나는 절대로 그때보다 행복하다고 말할 수 없다. 매년 해가 바뀌어서 때가 되면 나이 한 살 더 먹는다는 것은 매월 카드 결제일에 돈이 빠져나가는 것마냥 못마땅하기만 하다.

12월 31일과 1월 1일은 다른 363개의 날들과 다른 특별한 의미는 없으나 연례행사처럼 일 년에 한 번쯤은 이런 날이 와야 한다는 사실에 조금씩 익숙해지는 것 같다. 나이를 한 살 더 먹는다는 사실이 더 이상 축하할 일이 아니게 되어버린 스무 살 이후, 지나간 해의 달력을 떼어내고 새로운 해의 달력으로 바꿔 거는 속도가 어릴 적 달력을 한 장 넘기던 속도와 비슷하게 느껴지면서, 이렇게 점점 어른이 되어가나 보다."

지금 다시 읽으면서 가장 거슬리는 부분은 과도한 진지함이 주는 민망함이나 고심해서 골랐던 단어의 유치함이 아니라 '24번째'라는 숫자다. 두 번째로 거슬리는 부분은 '24번째' 앞에 붙은 '벌써'라는 부사.

사춘기의 한가운데서 들었던 그룹 카니발의 앨범은 나에게는 어른의 노래였다. "참 어렸었지, 뭘 몰랐었지"라 노래하던 이적과 김동률, 74년생 두 '형'들. 그런데 지금 생각해보면 "그땐 그랬지, 참 세상이란 정답이 없더군. 사는 건 하루하루가 전쟁이더군"이라고 노래했던 1997년에 그들은 우리 나이로 24살이었다. 이 노래가 나왔을 때도 "어린 것들이 뭘 안다고 세상 타령은…"이라 힐난하던 서른 살쯤 먹은 형들도 있었을 것이다. 이적과 김동률은 20년 전에 쓴 가사를 보며 지금은 어떤 생각이 들까 궁금하다.

가끔 중요한 사실을 잊어버린다. 세월이 쌓이고 나이가 더해지면서 '과거의 나'에 대한 미련과 후회를 현재 나보다 어린 사람의 고민을 폄하하는 도구로 사용한다. 스무 살 나의 연애는 세상에서 제일 중대한 사건이었으면서 지금 와서 스무 살의 고민은 사소한 것으로 치부해버린다. 서른 살이라며 사뭇 진지하게 인생을 들먹였던 나를 잊어버리고서 지금 나보다 어린 누군가의 푸념에는 "그땐 다 그런 것"이라는 말을 뱉고 만다. 종종 지나간 인생은 얼마나 쉬운지 잊어버린다. 나의 과거 속을 지나는 너의 고민과 걱정을 진지하게 여기지 않고 어릴 적 그렇게 듣기 싫었던, 그래서 나는 결코 하지 않으려 했던 "너는 아직 어려서…", "그때는 누구나

다…"라고 말해버리는 못난 나를 발견한다.

이적과 김동률도 저 가사가 민망하지 않을 것이다. 나도 9년 전 '벌써 25살' 운운하던 글이 부끄럽지 않은 것처럼. 만약 지금 책을 낸다면 저 글을 실을 수 있을까. 나이 25를 34로 바꾸기만 하면 되려나. 그 사이 나는 얼마나 변했을까.

세월의 무게가 쌓여가는 외모나 신체의 노쇠보다 더 싫은 것은 마음의 노화다. 소설을 읽다가 마음에 드는 구절을 발견하면 몇 번을 반복해서 읽고, 귀갓길에 음악을 듣다가 갑자기 감수성 '폭발'해서 동네 몇 바퀴 더 돌고 집에 들어가는 일, 절묘한 비유와 공감되는 노래 소절 하나에 특급 투자 정보 알아낸 것보다 더 기쁘게 무릎을 치며 속으로 외워두는 일, 기막히게 맛있는 생맥주 한 잔과 땅콩에 행복한 기분.

술에 취하면 짐승이 되기보다 시인이 됐으면 좋겠고, 아침에 보면 부끄러울 글귀들을 소중히 메모장에 담아두는 무용한 정성, 그런 소소한 감성들이 평생 내 삶을 기름칠하고 행복을 지탱해주는 필수적인 요소였으면 좋겠다.

사춘기 소년의 스펀지 같은 감수성은 아닐지라도 적당한 경험과 판단력이 있으며, 적당히 호불호의 기준이 세워지고, 적당히 순진하고 적당히 세상에 찌든 딱 지금만큼, 적당히 젊고 적당히 어른인 지금, 나의 마음만큼은 더 이상 어른이 되지 않았으면 좋겠다.

그저 그런 아저씨가 되어 가는 것, 나의 경험과 이력이 나도 모르는 사이 편견과 오만으로 변태하여 세상과 타인에 대한 관대함과 유연성을 잃어 버리는, 내가 가장 듣기 싫어하는 말들을 아무렇지도 않게 내뱉을, 그토록 혐오했던 '꼰대'가 되어버릴까 봐 겁이 난다.

바쁘다는 핑계로 소설 한 권 읽을 마음의 여유 한 조각마저 없어지거나 글과 음악에 공감할 수 있는 감수성을 잃어버린 채 출퇴근 지하철에서 다른 양복 입은 아저씨들처럼 '부자 되는 법' 베스트셀러를 의욕적으로 학습하고 있지는 않을까. 더 이상 마음먹은 대로 발기되지 않는 심벌을 주물거리는 노인처럼, 더 이상 감동하고 반응하지 못하는 나의 감성을 적시려 애써야 한다면 나는 행복하지 못할 것 같다.

사고 싶은 것보다 가고 싶은 곳이 더 많고, 알고 있는 것보다 알고 싶은 것이 더 많은 어른, 나이 들어서도 캐리어보다 배낭이 잘 어울리는 아저씨가 됐으면 좋겠다. 그리고 마흔 살이 되어서도 쉰 살이 되어서도 "거 봐, 내 말이 맞았잖아"라고 자신 있게 외칠 수 있으면 좋겠다.

new york. U.S.A

타인의 취향

> 주변에 폴 오스터를 좋아하는 사람들이 많아서 그의 책이 베스트셀러일 것 같지만 실제로는 생각보다 별로 팔리지 않는다고, 팟캐스트 '빨간 책방'에서 이동진, 김중혁, 김영하가 이런 대화를 나누며 서로 공감한 적이 있다. 취향과 관심사를 공유하는 사람끼리 가깝게 지낼 가능성이 크기 때문에 내 주변의 편향된 작은 표본이 전체를 대표하지 못하는 것이다. 하지만 평균에서 한참이나 동떨어진 집단이 될지언정 폴 오스터 같은 –혹은 그 무엇이든– 기호의 대상을 함께 좋아하고 이야기할 사람들이 주변에 있다는 것은 참 다행스러운 일이다.

흘러가는 시간만큼 뚜렷해지는 취향이 곧 나의 정체성이 되어간다. 사소하게는 취미 생활에서부터 거창하게는 삶에 대한 가치관까지 내가 싫어

하는 것이 무엇이고 어떤 것을 좋아하는지 알기 위해 거쳤던 수많은 시행착오, 지우고 덧쓴 그 횟수만큼 나의 영역을 둘러싸는 울타리가 높아지고 주변 사람들과의 교집합이 좁아진다.

나는 음악, 책, 맥주가 행복한 인생의 '세 가지 뮤즈'라고 말하지만, 이 세 가지 중 하나도 공유하지 않으면서 나와 가깝게 지내는 사람도 있다. 술은 입에도 안 대고, 음악도 안 들으며, 책 한 권 안 읽으면서도 행복하게 사는 사람이 수없이 많은 것은 물론이다.

나는 여행을 좋아하고 꾸준히 독서와 음주를 하며 국내 인디음악을 주로 듣지만, 주변에 이런 취향을 공유하며 이야기를 나눌 사람은 별로 없다. 둘 이상의 주제를 넘나들며 대화할 수 있는 상대는 더욱 귀하다. 자리와 구성원에 따라 대화의 주제와 양상은 물론 나의 역할과 캐릭터도 달라지지만, 가끔은 맥주를 마시며 예컨대 '폴 오스터'와 '페퍼톤스의 라이브'와 '남자 홀로 태국 여행'에 대해서 적극적으로 이야기할 수 있는 자리도 있으면 좋겠다는 상상을 가끔 해본다.

나와 취향이 같은 사람을 만나는 것은 즐거운 일이지만, 상대는 관심 없는 자신의 취향에 대해 일방적으로 늘어놓는 사람과 대화하는 시간의 힘겨움은 전자의 기쁨보다 절댓값이 훨씬 큰 음수다. 객관적 사실에 대해서 쉽게 단정하고 확신하는 사람을 경계하고 주관적인 취향과 가치 판단적 기준을 타인에게 강요하는 사람을 경원한다, 라고 잘난 척 쓰고 스스로 그런 사람이 되지 않으려 의식하며 살고 있지만 가끔씩은, 이런저런 취향 속 경험들 사이에서, "아, 이거 정말 좋은데, 왜 주변 사람들은 안 하는 거지?"라는 생각이 들 때가 있다. 이 좋은 것을 어디 가서 소문내고 모두에게 알려주고 싶은데 그러지 못해서 안타까운 시간.

새로 나온 앨범 트랙을 차례로 들을 때의 설렘, 형체 없는 음악 소리가 심장을 물리적으로 움직이는 것 같은 느낌이 들 때면 '멜론 탑 100'만 주구장창 듣는 친구들이 떠오르기도 한다. '루시드폴'과 '검정치마'의 노래를 들려주고 싶은 건방진 생각이 들면서 말이다.

마찬가지로 책을 읽을 때도 그냥 흰 종이에 인쇄된 활자들의 모음일 뿐인데, 살아 있어서 좋구나! 라는 거창한 생각마저 들 때가 있다. 이 세상엔 평생 봐도 다 읽을 수 없을 만큼의 책이 있다는 사실이 묻지도 따지지도 않는 종신보험보다 훨씬 안심을 준다는 것, 마음을 움직이는 이야기를 온몸으로 따라가며 적어 놓고 싶은 문장과 무릎을 치는 표현들을 만나고 난 후에 보는 세상은 전과 같을 수 없다고 소리치고 싶다. 책은 '영혼의 양식'이며 책이 인생을 바꿀 수 있다는 사실을 순진하게 믿고 있는 지금, 이 순간의 기적을 일 년에 책 한 권 읽지 않는 주변 사람들에게 일일이 설명해주고 싶은 오만한 순간이 있다. "아, 이거 정말 좋은데!" 하며 말이다.

하지만 어디까지나 타인의 취향은 타인의 것, 나의 취향은 나의 것이다. 나도 누군가에게 '인생의 뮤즈'일 수만 가지 취향에 무감하긴 마찬가지다. 나는 미술 작품을 감상하는 재미를 아직 잘 모르고, 클래식 음악에서 큰 감동을 느끼지 못한다. 당구의 심오함을 전혀 맛보지 못했으며, 땀 흘리는 운동의 성취감도 별로 즐기지 않는다. 온라인 게임의 바다에는 발끝도 적시지 못했고, 춤추는 취미도 없고, 재즈의 세계에도 문외한이다. 등산과 사이클 같은 취미도 전혀 엄두를 내지 못한다.

나에게 여행은 '맥주, 독서, 음악' 세 가지 즐거움이 가장 시너지를 낼 수 있는 시간이라 좋다. 여행에서 마시는 맥주는 이유 없이 서울의 맥주보다 훨씬 맛있다(기분 탓이다). 낯선 풍경 속에서 읽는 책은 항상 과대평가되고, 기차의 덜컹이는 리듬이 추가된 음악은 가산점을 받는다.
삼위일체처럼 세 가지 즐거움이 완성되고, 버스의 창밖을 바라보거나 멍하니 앉아 사람 구경하고 있을 때처럼 아무 특별한 것 없는 순간 갑자기 '삶에 대한 탐욕' 같은 것이 솟구치기도 한다. 돈과 시간이 있어도 여행 가기 귀찮아하는 사람들의 얼굴이 떠오르면서, 정말 좋은데 이거, 설명회를 열 수도 없고 이거, 라는 터무니없는 나르시시즘적인 순간.

고백컨대 가끔씩 있다.

luang prabang, laos

심심함의 종말

> 스마트폰만 있으면 언제나 사람들과 연결되고 항상 정보에 접속할 수 있다. 그 덕분에 우리가 얻은 편리함과 생활의 변화를 이야기하면 끝이 없겠으나 그중 내가 가장 크게 느끼는 변화는 심심함이 사라졌다는 점이다. 걸어가면서, 밥 먹으며, 버스와 지하철에서, 커피를 마실 때, 술을 앞에 두고서, 엘리베이터를 기다리는 짧은 순간에도 스마트폰을 놓지 않는다. 지시된 작업을 마치면 원래 위치로 되돌아와 대기하는 로봇처럼, 액정을 보고 터치하는 데 방해가 되는 외부 상황이 종료되면 특별한 목적이 없어도 자동적으로 스마트폰을 꺼낸다.

인간의 '디폴트 상태'가 '멍하게 있음'에서 '스마트폰을 봄'으로 바뀐 것 같다. 잠시도 심심할 틈을 주지 않는 스마트폰은 아무것도 안 할 시간, 고요한 시간, 멍 때릴 시간을 빼앗아간다. 여백을 의미 있는 몰입으로 채운다면 그 또한 유익한 일이겠지만, 우리가 갖던 '부재의 시간'을 대신하는 것은 대체로 지금 꼭 보지 않아도 되는 뉴스와 지금 알지 못해도 상관없는 누군가의 소식들이다.

특별한 일에 몰두할 때 활성화되는 뇌의 영역이 있는가 하면 아무것도 하지 않고 멍하게 있을 때 활발해지는 뇌 부위가 있다고 한다. '디폴트 네트워크default network'라고 불리는 이러한 뇌 활동은 무언가에 집중할 할 때 독립적으로 작용하는 뇌의 여러 부위를 상호 연결하고 연상 작용을 촉진해서 새로운 통찰과 창의성의 원천이 된다고 한다. 상상력과 창조적인 사고는 오히려 뇌가 아무것도 하지 않고 있을 때 생겨난다는 이야기. 스마트 시대에 내게 남은 마지막 '무위의 보고寶庫', 어디든 연결되려는 욕망과 비자발적 '푸시push'의 간섭이 아직 닿지 못하는 곳은 샤워하는 시간과 —미용사가 말을 걸지 않는다면— 미용실에서 머리를 자를 때다. 나의 일과 취미 생활에서 중요한 결정이나 새로운 아이디어 중 욕실과 미용실 출신이 많은 것은 우연이 아니었던 것 같다.

"나는 정말 스마트폰을 갖고 싶지 않아요. 그것이 나에게 생각할 시간을 주는 문제이기 때문이죠. 만약 스마트폰을 가진 사람에게 10분의 여유가 있다면 어떨까요? 그는 아마 10분 동안 스마트폰을 들여다볼 거예요."

kashgar. china

그의 영화가 보여주는 하이테크적 세계와 달리 아직 스마트폰을 써본 적이 없다는 크리스토퍼 놀란 감독의 말이다.

요즘 국제공항의 도착 층에서 제일 붐비는 곳은 투어리스트 인포메이션이 아니라 현지 이동통신사의 데이터 심 카드 판매 창구다. 이 카드만 있으면 해외여행 중에도 우물가 찾아다니듯 무료 와이파이를 찾아 헤맬 필요 없이 서울에서처럼 친구, 가족과 상호 동등한 소통 능력을 유지하며, 방콕의 전철 안에서도, 왓아룬 사원 꼭대기에서도 반가운 '까톡까톡' 소리를 들을 수 있다.

기술의 발전은 시공간의 제약을 무색하게 한다. 이제 사람들은 국경과 바다를 초월해 일상의 관계에 여전히 속해 있을 수 있으며, 외국에 있으면서 동시에 한국에 있을 수 있다. 똑같은 이유로 여행과 일상의 간극이 메워진다. 여행을 떠나와서도 여전히 일상에 머무를 수 있다는 점은 '일상의 탈출'이라는 여행의 모토를 무색게 하는지도 모르겠다. 제일 경치 좋은 곳에서 페이스북에 사진을 올리고 실시간 리플을 확인하는 것, 이국의 식당에 마주 앉아서 각자 카톡을 하는 것도 사람마다 여행의 목적과 방법이 다르므로 결코 비난할 대상은 아니다. 하지만 확실한 것은 일상에서도 여행에서도 '심심함'은 이제 능동적으로 만들어내야만 얻을 수 있는 조건이 되었다는 사실이다. 정보의 그물망에서 빠져나와 멍하게 창밖 풍경을 바라볼 수 있는 텅 빈 '부재'의 상태를 만들기 위해서 오히려 노력이 필요하다는 역설.

인류학자 로버트 고든은 〈인류학자처럼 여행하기〉라는 책에서 이렇게 말했다.

"방황하는 느낌이 들면 관찰력이 더 예민해진다. … 이렇게 끊임없이 이어지는 전자 기기 공세에 권태는 사치가 된다. 지루함은 외부 세계에 대한 반응을 멈추고 내부 세계를 탐색하는 상태다. 지루함은 혼자 힘으로, 자주적으로 생각할 수 있게 하는 자극제가 된다. … 고독은 그렇게 나쁜 것이 아니다. 주변에서 일어나는 일에 민감해지게 하니까 말이다. 그렇게 사무쳐 오는 강렬한 감각은 기억 속에 경험을 아로새기는 역할을 한다. 또 사물과 자기 자신과 관계에 대해 깊이 성찰하게 된다. 고독은 너무 지나칠 때를 제외하면 소중한 것이다."

빈둥거림은 나의 여행을 비옥하게 한다. 여행 중 감정의 역치가 낮아지고 사소한 자극에도 반응하게 되는 것은 일상보다 훨씬 풍부한 시간과 공간의 여백 덕분일 것이다. 노천카페에 앉아서 맥주 마시면서 하는 사람 구경, 경치 좋은 곳에서 아무 방해 없이 가만히 앉아 있는 시간, 음악을 들으면서 끝없이 나타나는 낯선 풍경을 멍하게 바라보는 버스의 창가 자리, 밤에 숙소 침대에 엎드려 일기를 쓰고 뒹굴뒹굴하는 시간이야말로 여행을 일상과 다른 특별한 시간이 되게 하는 증거들이자 여행의 부피를 채우는 가장 결정적인 순간들이다.

엘리베이터 안에서의 짧은 심심함을 참지 못하고 휴대폰을 꺼내 포털 뉴스를 열어보게 된 것처럼 언제부턴가 여행 중에도 식당에서 주문한 음식을 기다리면서 데이터 로밍이 안 되어 할 것도 없는 스마트폰을 나도 모르게 꺼내게 된다. 여행을 떠나는 것이 훨씬 쉬워진 것도, 여행과 일상의 거리가 좁아진 것도 기술의 발전 덕분이다. 기술의 진보에 따른 여행 방식의 비자발적 변화에 대한 가장 현명한 대처는 여행과 일상의 거리, 즉 '접속의 정도'를 능동적으로 조정하는 능력일지도 모르겠다. 생각하는 대로 여행하지 않으면 여행하는 대로 생각하게 될지도 모르니까. 누군가와 함께 있을 때 휴대폰을 꺼내지 않으려 애쓰는 것은 상대방에 대한 배려의 일종이지만, 여행 중에 꼭 필요할 때가 아니면 스마트폰을 보지 않는 것도 오롯이 내 여행을 위한 일이다.

우유부단, 무죄

> '거창한 자유와 일상의 고민으로부터 탈출'이라는 여행의 흔한 모토와는 달리, 막상 낯선 여행지에 도착하고 나면 의사결정을 내려야 할 일이 끝없이 이어지는 것이 여행의 숨겨진 실상(?)이다. 어디를 어떻게 가서, 어디서 자며, 무엇을 먹을지, 비록 저차원의 형이하학적 고민일지언정 나에게 주어진 자유의 크기에 비례해서 결정해야 할 일도 끝이 없다. 하지만 일상의 고민과 큰 차이가 있다면 우유부단함에 대한 도덕적 잣대일 것이다.

데이트에서 메뉴를 정하지 못하고 "아무거나"라고 대답하는 상대만 원망하는 못난 남자도, 어떡하지 어떡하지 발만 동동 구르는 답답한 친구도, 중요한 의사결정을 앞두고 머뭇거리는 무능한 직장상사도, "조금만 더 조금만 더" 하다가 투수 교체 타이밍을 놓치는 못 미더운 야구감독의

bangkok. thailand

우유부단함도 여행에서는 무죄. 특히 혼자 여행 중이라면 그 누구의 눈치를 보지 않아도 되기 때문에 판단해야 할 일이 많아도 스트레스는 없다. "어떡하지, 뭐 먹지"를 연발하며 무대책으로 일관하는 자세는 동행에게 짜증의 근원이 되지만, 혼자 하는 여행에서는 결코 비난받을 일이 아니다. 혼자라면 어떤 이유로 내가 여기에 온 것인지 누구도 설득할 필요가 없고, 그에 따르는 실망과 손해에 대해서 변명할 필요도 없다. 나의 무모한 고집과 차일피일 미루기만 하는 결정 장애에도 죄책감을 느끼지 않아도 된다.

여행을 하다 보면 아무것도 특별할 것 없지만, 왠지 정이 가는 장소에서 목적 없는 긴 시간을 보내고 싶거나, 단지 낯선 지명의 발음 때문에 굳이 시간 들여 찾아가 보고 싶을 때도 있다. 그런 상황에서 나의 비논리적인 기분을 누군가에게 제안하거나 설명해야 하는 일은 귀찮고 번거롭다. 야시장에 늘어선 고만고만한 노점 행렬 사이를 수없이 왕복하며 무엇을 먹을까 장고 끝에 악수를 두고 후회해도 그 누구에게도 미안할 것도, 양해를 구할 이유도 없다는 사실이 다행스러울 때가 많다.

신체의 안위와 생사 여부가 달려 있지 않은 사소한 상황에서는 갈팡질팡하는 것이 인간의 본성인지도 모른다는 생각이 종종 든다. 하지만 다수의 개인이 얽혀 빠르고 효율적으로 굴러가야 하는 현대사회에서 우유부단함은 큰 결점이기 때문에 구성원들은 긍정적 이미지와 원만한 인간관계 유지를 위해 에너지를 소비하며 신속한 의사결정을 내리려 부단히 애를 쓰며 살아가고 있다(고 나의 우유부단함을 합리화한다).

메뉴판을 너무 유심히 보면 상대방의 배고픔이 연장되고, 목적지를 신속히 정하지 않으면 누군가의 소중한 시간이 낭비될지 모른다. 타인의 시선과 상대의 작은 불편을 걱정하는 마음 때문에 서둘러 내리는 결정보다는 시멘트가 점차 굳고 찻잎이 가라앉듯이 나도 모르는 사이 서서히 나의 마음이 절로 정해지는 것을 느긋하게 기다릴 수 있는 것이 혼자 하는 여행의 가장 큰 덕목이다.

본성에 가깝고 에너지 소비가 최소화된 가장 안정적인 상태.

결정 내리고 그에 대한 책임을 져야 하는 일에서 벗어나고픈 욕망.

우유부단, 무죄.

168

우리말 불편 사항

> 외국을 여행하면서 여러 국적의 사람들과 대화를 나누다 보면 느끼는 우리말의 불편 사항이 있다. 외국인과 대화할 때는 각자 이름만 알려주고 나면 상대를 부르고 대화하는데 아무런 문제가 없지만, 우리나라 사람과 원활하게 대화하기 위해서는 −굳이 밝히고 싶지 않을 수도 있는− 나이를 알아야만 한다. 나이를 몰라도 서로 높임말을 쓰면서 이야기할 수 있지만, 서로를 부르거나 칭해야 할 때의 난감함은 피할 수 없다. 티베트에서 랜드크루져를 타고 며칠간 함께 여행하게 된 다국적 여행자 중 50대 한국인 아저씨 한 분이 계셨다. '형'이라고 하기엔 연세가 많고, '아저씨'라고 부르기엔 좀 무례한 것 같아서 결국 '선배님'이라는 조금 이상한 호칭을 쓰기로 합의한 적이 있다.

여행에만 한정되는 상황은 아니라서 평소에도 서로의 나이를 아는 것은 매우 중요하다. 누가 나이가 많고 적은지가 명확해진 후 형이든 오빠든 서로를 부를 적절한 호칭이 정해지고, 그제야 어색하지 않은 의사소통이 가능해진다. 대학교도 마찬가지다. 같은 학번의 현역과 재수생 사이의 호칭과 말 높임 문제에 대한 관습은 과마다, 학교마다 달라서 한두 살 차이 나는 사람들끼리 모인 자리에서 이른바 '호칭이 꼬이는' 상황의 어색함을 연출하지 않으려면 서로 호칭에 대한 합의를 거쳐야 한다. 그렇게 룰을 정하기 전까지는 서로를 부르거나 말을 붙이기가 영 어색하다.

의사소통을 위해 우리말을 사용한 지도 30년이 넘었다. 'ㄱ', 'ㅏ' 등 기본형에 획을 더해 'ㅋ', 'ㅑ' 등의 파생형을 만드는 독창적인 방법은 세종대왕께서 디지털 시대의 도래를 미리 내다보기라도 하신 듯 컴퓨터로 입력하기 쉬운 장점이 있다. 휴대전화 문자 메시지 역시 영어, 일본어, 중국어를 입력할 때의 수고를 생각해보면 한글이 얼마나 훌륭한 언어인지 알 수 있지만, 경력 30년의 사용자로서 가끔씩 '개선의 여지'를 느낄 때가 있다. 가장 큰 불편함은 무엇보다 가깝지 않은 2인칭을 보편적으로 가리킬 단어가 마땅히 없다는 것이다. 예를 들어 지하철 자리에 덩그러니 놓여 있는 물건을 발견하고 근처에 앉아 있는 사람에게 당신 것이냐고 묻고 싶다. 혹은 아직 데면데면한 사이의 누군가가 보여준 사진 속 인물이 본인인지 확인하고 싶지만, 영어의 'you'에 해당하는 단어가 마땅히 없다. 그

kathmandu. nepal

래서 "이거 '그쪽' 거예요?"라거나 "이 사람 본인이세요?"라는 표현을 사용할 수밖에 없다. 이런 상황마다 통성명을 하고 나이를 물은 후에 호칭을 정할 수도 없는 노릇이고, 그런 애매한 상황을 피하기 위해 일부러 "이 필통 누구 건지 아세요?"라든가 "이건 누구예요?"라는 식으로 에둘러 말해야 하는 사실은 어른 공경 문화로 높임말이 발달한 우리말의 숙명적인 불편함일지도 모르겠다. 인터넷 공간에서 얼굴도 나이도 모르는 서로를 칭하기 위해서 '님'이라는 요상한 2인칭 대명사가 만들어지기도 했지만, 면대면 대화에서는 간단하지 않다.

세계적 여행가이드북인 〈론리 플래닛〉 한국 편에서 우리나라에 대한 일반적 소개 항목 중 이런 내용을 발견하고 흠칫 놀라면서도 이래서 유명한 가이드북이 되었구나, 라는 생각을 했다.

"모든 관계는 계층 관계hierarchy가 필요하며, 그에 따라 사람들은 서로에게 알맞은 말과 행동을 할 수가 있다. 세븐일레븐에서 콜라를 사려고 새치기를 하는 중년의 남자는 당신의 존재조차 인식하지 않는다. 왜냐하면 당신은 그 사람에게 소개된 적이 없고 그의 마음속 인간관계의 어느 위치에도 당신이 놓여 있지 않기 때문이다. 각자의 소개와 명함 교환이 끝나면 그는 즉시 당신을 자신의 인간관계의 한 곳에 위치시킬 것이고 그에 따라 알맞은 말과 행동을 기대할 것이다. 일단 만남이 성사되면, 모든 것이 바뀐다."_ 〈Lonley Planet Korea〉 2004년 판(직접 번역)

"그 어떤 종류건 사람 사이에 관계가 성립된다는 것은 누가 나이가 많고 누가 나이가 적은지를 서로 아는 것을 의미한다. 이것을 안 이후에 존칭 여부를 포함하여 적절한 행동을 기대할 수 있게 된다."

_ 〈Lonley Planet Korea〉 2007년 판(직접 번역)

서로의 이름을 부를 수 있는 '친구'라는 존재가 생물학적 연령이 같은 사람으로 한정되고 그렇지 않으면 아무리 친해도 친구가 아닌 친한 형, 누나, 동생으로 구분되어 말을 다르게 해야 한다는 것이 갑갑할 때가 많다. 가깝고 막역한 사이라도 형, 동생이라는 틀 속에서는 서로 기대되는 역할이 생길 수밖에 없는데, 주변의 형, 동생, 누나 중에도 '친구'였다면 훨씬 더 즐겁고 편한 사이가 됐을 것 같은 사람도 있다. 그래서 나이 차이가 크게 안 나면 가까워진 후에도 계속 서로 말을 높이려고 애쓰는 경우도 있지만, 이런 경우 대화는 원활할지 몰라도 호칭이 애매한 것은 여전한 불편함이다. 그럴 때면 나이 상관없이 서로의 이름을 부르며, 누구에게나 쓸 수 있는 'you'라는 편리한 2인칭 단어를 가진 영어, 혹은 대부분의 다른 언어와 그 문화가 조금 부럽기도 하다.

avignon france

여 행 의 의무

> 탄생과 목적의 다양성에도 불구하고 수많은 자유여행의 역사는 몇 종류 되지 않는 정보로 이루어진다 해도 과언이 아니다. 정보의 범위나 기호의 차이는 있지만 수많은 가이드북과 인터넷 정보의 지령들은 대체로 닮아 있다.

와인에 대한 특별한 애호가 없는 평균적인 사람들은 제일 잘 팔리는 무난한 와인을 집어 들게 되는 것처럼 목적지에 대해서 평범 이상의 열의와 지식을 가지고 있지 않은 이상 여행자들의 동선과 일정도 비슷해지는 것은 당연한 결과다.

'가이드북은 수학 문제집의 풀이집'과 같다고 말한 적이 있다. 수학 문제를 풀 수 있는 방법은 한 가지만 있는 것이 아니지만, 백지상태에서 정답지의 풀이를 보고 나면 그것이 세상에서 유일한 길로 보인다. 여러 방법 중에서 가장 쉽고 편리한 방법으로 설명해 놓은 풀이집처럼 실패할 확률이 가장 적은 목적지를 골라 놓은 것이 가이드북의 안내를 따르거나 타인의 경험을 엿보는 것이다.

나도 멋지게 가이드북을 휙 던져버리고 인터넷 후기로부터 자유로울 수 있는 위인은 되지 못한다. 여러분, 가이드북 그따위 것 갖다 버리세요, 라고 힘차게 말하기보다 사실 저도 그러고 싶은데 쉽지 않아요, 그렇죠? 라고 말하는 것이 어울리는 사람이다. 수학여행처럼 빡빡한 일정으로 하루 종일 구경거리를 찾아다녔던 첫 유럽 배낭여행 이후로 다행히도(!) 어디 어디는 꼭 가봐야 한다는 의무감은 점점 사라졌고, '성실한 여행자'와는 거리가 멀어지긴 했다.

여전히 의무감으로부터 완전히 해방된 것은 아니지만, 전과 차이가 있다면 가이드북의 '계시'가 점점 숙제처럼 느껴진다는 점이다. 일정을 짜기 위해 가이드북을 펼치고 블로그를 보며 장소를 점 찍어두는 일이 마치 방학 과제물 목록을 확인하는 일 같기도 하다. 볼거리가 많으면 좋기도 하지만, 오히려 이걸 언제 다 보나 걱정이 앞선다. 구경거리를 섭렵하기 위해 가장 효율적인 동선을 짜고 시계를 자주 봐야 하는 만큼 낯선 동네를 유유자적 어슬렁거릴 '자유 시간'이 줄어들 테니 말이다.

angkor wat. cambodia

angkor wat, cambodia

집 나갈 용기는 없으면서 반항심만 가득한 사춘기 소년처럼 불평은 늘어놓으면서 그것들을 포기할 용기는 부족한 나는 대체로 동그라미 쳐 놓은 미션을 '완수'한 후 숙제를 끝낸 아이처럼 후련해한다.

캄보디아 씨엠립 최고의, 유일한 '여행의 의무'인 앙코르와트 구경을 마치고 나자 몹시 해방감이 들었다. 이제 이곳에서 아무것도 안 해도 되는구나, 오롯이 나의 자유 시간으로 보낼 수 있을 씨엠립의 남은 이틀이 더 기대가 되었다. 일출을 보기 위해 일찍 일어나지 않아도 되고, 유적지 지도를 펼쳐 놓고서 효과적인 동선을 짜기 위해 고민할 필요도 없다. 햇빛이 쨍하면 너무 덥지 않을까, 그렇다고 흐리면 사진이 잘 안나올텐데 하는 걱정도 사라지고 시원하게 비가 오는 것도 괜찮겠다는 생각이 든다. 앙코르와트를 보기 위해 떠난 여행이지만 앙코르와트를 다 보고나니 새로운 여행이 시작된 기분, 결국 무언가를 해야 하는 의무감보다는 목적 없이 있는 그대로의 자유가 편한 법이니까.

우연의 음악

⟩ 〈작가란 무엇인가〉라는 책에 소개된 인터뷰에서 소설가 폴 오스터는 어린 시절 바로 옆에 서 있던 친구가 벼락을 맞는 것을 보고 우연의 힘을 믿게 되었다고 말했다. 좋아하는 작가지만 우연에 의한 스토리 전개는 별로 마음에 들지 않는 면모였는데, 그 얘기를 듣고 나니 조금은 이해할 수 있을 것 같았다. 설사 폴 오스터 옆에 떨어진 벼락만큼 극적인 경험은 없더라도, 점점 '우연의 힘' 같은 것을 실감한다.

우리가 핸들을 단단히 잡고 있다고 믿는 이 인생에서 우연이 만들어내는 순간들이 얼마나 많은지. 소설과 드라마에서 저건 말도 안 된다고 소리쳤던 장면들, 우연과 필연으로 엮인 삼각관계나 넓디넓은 서울 시내에서의 운명적인 만남 같은 극 중의 일들이 현실에서도 분명히 일어난다는 것.

11~12 프리미어리그에서 보여준 맨시티의 극적인 우승처럼 영화에서 보더라도 정말 영화 같다고 여겼을 정도로 비현실적일 만큼 극적인 일도 우연과 우연이 겹쳐진 현실에서 실제로 벌어지는 것을 본다.

살아간다는 건, 저마다의 속도와 너비로 이런저런 일을 겪게 되는 것. 의도하든 의도치 않든 여러 입장에 서보고 여러 종류의 감정을 느껴보는 것. 시간과 사건이 쌓인다는 것. 서울 시내에서 옛 여자 친구 두 명을 같은 날 우연히 마주치기도 하고, 내가 아는 두 사람이 엉뚱한 경로로 알게 되고 결혼하는 것. 극적인 우연이라 폄하했던 확률 낮은 사건들과 부닥치며 극적인 드라마 주인공이 되기도 하는 일. 그래서 우연의 힘을 믿게 되는 것. 소설과 영화 속의 '극적'인 순간도 지극히 '현실적' 장면임을 인정하는 것. 많은 일을 겪으면서 삶의 '보편적' 감정에 조금씩 다가가는 것. 티베트에서 만났던 여행객을 일 년 후 예멘의 시골 골목 모퉁이에서 만나는 일, 교토의 기온거리 횡단보도를 건너던 중 대학 친구가 내 등을 치며 부르는 일, 졸업하고 10년 동안 연락하지 않던 고등학교 친구가 방콕에서 돌아오는 비행기의 내 옆자리에 앉는 일, 폴란드 크라코프 광장에서 만나 커피 마시고 헤어졌던 사람이 며칠 후 체스키크룸로프의 어느 매표소 줄 내 앞에 서 있고 몇 주 후 루마니아 부루레슈티의 호스텔 부엌에서 다시 보게 되는 일, 여행하면서 인정하게 되는 우연과 운명의 힘들이다.

vang vieng, laos

여행에 가져간 MP3 음악을 랜덤 재생하고 있는데 분위기에 맞춰 좋아하는 노래들이 연달아 흘러나오는 기막힌 순간이 있다. 가장 절묘한 순간에 제발 그 노래만은! 싶던 음악의 전주가 연주되기 시작되면 −김중혁 작가의 표현을 빌리자면− "귀가 아니라 심장에다 이어폰을 꽂은 것처럼 음악이 온몸을 뒤흔든다."

2천 곡이 넘는 음악이 담겨 있는데 어떻게 지금 이 순간에 바로 이 음악이 나올 수 있을까 싶지만, 시간이 흐르고 쌓이다 보면 미미한 확률의 사건도 분명히 일어난다는 것. 확률은 낮지만 임팩트는 크다는 것. 이 현실이 그 어떤 이야기보다 이야기 같다는 것.

> "사람들은 자신의 일상이 인간 상상력이 창조해낼 수 있는 그 어떤 것보다
> 기기묘묘하다는 사실을 외면하는 경향이 있다네. 대신 진부하고 무익하고
> 결말이 빤한 소설 나부랭이 같은 것에 집착하지."
> _ 최재훈, 〈퀴르발 남작의 성〉

슬랩스틱 코미디를 보면서 '잘 짜여졌다'고 생각하면서 웃지만, 살다 보니 실수로 발치에 걸린 진공청소기가 갑자기 켜지고 휴지가 빨려 들어가려는 것을 막으려 급히 청소기를 치우다가 옷걸이가 넘어지면서 내 머리를 치게 되는 일도 실제로 일어나더라.

어쩔 수 없는

≫ 여행의 특권인 우유부단함 때문에 −혹은 덕분에− 어떤 목적지에 갈지 말지, 어떤 일을 할지 말지 며칠이 지나도 결정 내리지 못할 때가 있다. 그런 상황에서 나를 해방시켜주는 것은 동료 여행자의 경험담도 아니고, 가이드북의 수사 가득한 표현도 아닌 '어쩔 수 없는 상황'일 때가 종종 있다. 라오스의 방비엥은 튜브를 타고 강을 내려가는 '튜빙'이 유명하지만, 별로 내키지 않아서 고민하던 와중에 때마침 폭우가 와서 할 수 없게 되어버렸다거나, 애매한 정도의 관심을 가지고 있는 미술관에 갈까 말까 망설이던 중에 공교롭게도 일 년간 공사 중인 것을 알았을 때, 특수한 상황들이 고맙게도 나 대신 결정을 내려줄 때가 있다. 아쉽기도 하지만 잘됐다는 생각도 든다. 나의 우유부단함을 후련히 해소하고 여행자의 현재 '가장 큰 고민'을 해결해준 어쩔 수 없는 상황들이 고맙다.

la habana. cuba

배우이기도 한 에단 호크의 소설 〈웬즈데이〉에 이런 구절이 나온다.

"웬일인지 난 뭔가가 고장 났을 때가 좋다. 바퀴가 펑크 난다거나, 기차가 갑자기 움직이지 못한다거나, 기상 조건 때문에 비행기가 연착되는 데에는 뭔가가 있다. 지구가 평소처럼 돌아가지 않을 때 비로소 긴장이 풀린다. 그럴 땐 호기심 많고 혼란스럽고 다음에 무슨 일이 벌어질지 궁금해하는 아이로 되돌아가는 것 같다. 그 짧은 동안은 책임질 일은 아무것도 없다. 해야 할 일이라곤 시간이 해결해줄 때까지, 바퀴를 갈아 끼울 때까지, 기차가 다시 움직일 때까지, 눈이 녹을 때까지 그저 주어진 상황에 반응하는 것뿐이다. 그다음에는 다시 묵직한 책임감이 어깨 위로 냉큼 올라앉겠지만."

복사를 하려는데 복사기가 고장 났을 때, 촌각을 다투던 출근길에 지하철이 사고로 완전히 멈춰서 버렸을 때, 설거지를 하려고 고무장갑을 꼈는데 세제가 없을 때처럼 나로서는 '어찌할 도리가 없는' 상황들은 나에게 '아무것도 하지 않아도 될' 권리를 준다. 내가 책임질 것은 아무것도 없어지고 할 수 있는 것이 아무것도 없기에 아무것도 안 해도 되는, 뭔가 잘못되었지만, 오히려 홀가분한 그 시간. 내 머리 위로 내려온 '하늘의 계시'와 내 손에 쥐어진 자유 시간을 받아들고 마음과 몸의 평화를 얻는다.

낮과 밤의 이기주의

> 낮에는 남 신경 안 쓰고 혼자 다니고 싶지만, 밤에는 맥주 한잔 같이할 상대가 있으면 좋겠다는 '홀로 여행자의 딜레마'. 밤낮 무관하게 동행과 함께하는 여행을 선호하는 사람이나 낮이든 밤이든 혼자인 게 최고라고 생각하는 여행자에겐 고민거리가 되지 않겠지만, 함께 혹은 혼자서 여행을 떠나기로 결정하는 것은 대체로 자유와 심심함 둘 중에서 하나를 선택하는 가치 판단의 결과일 것이다. 밤에는 조금 심심할지라도 눈치 안 보고 내 맘대로 할 수 있는 낮의 자유를 더 소중하게 여기는 것이 혼자 하는 여행의 중요한 이유겠지만, 홀로 여행객에게는 여전히 이중적인 마음이 있다. 낮에는 혼자 다니고 밤에는 놀아달라는 이기심과, 필요할 때 누군가를 찾지만 혼자 있고 싶을 때는 아웃사이더가 되고 싶은 기회주의.

치앙마이에서 썽태우^{합승 트럭}로 20~30분 정도 떨어진 거리에 '도이수텝' 이라는 사원이 있다. 황금빛으로 반짝이는 사원도 볼 만하지만, 산 중턱에 있어서 치앙마이 시내를 시원하게 내려다볼 수 있는 조망이 좋은 곳. 치앙마이 동물원을 출발하여 산길을 올라가는 썽태우에서 맞은편에 혼자 온 것 같은 인상 좋은 서양인 남자에게 말을 걸어볼까 고민하다가 결국 건네지 않았다. 하지만 차에서 내리고 사원으로 향하는 계단 초입에서 그 남자가 내게 말을 걸어왔을 때 난감했던 것은 이동 중일 때와 달리 사원 구경은 혼자 하고 싶은 일이었기 때문이다.

긴 계단을 올라가면서 얘기를 나누다 사원 주변을 함께 둘러보며 서로 사이좋게 사진을 찍어주기도 했지만, 여행 중 다른 사람의 페이스에 신경을 쓰는 것이 금세 불편해졌다. 이 풍경을 더 바라보고 싶을 때 동행이 먼저 다른 곳으로 향하면 나도 따라서 발걸음을 옮겨야 하나 눈치 보는 것이 싫어진 것이다. 그래서 나는 관광객들로 북적거리는 사원 내부에서 뻔뻔한 '미필적 고의'로 그 사람을 '잃어버리고' 말았다. 신발 속 조그만 돌멩이를 털어버리듯 가슴 한켠의 불편했던 조각이 시원하게 사라지고 나자 새파란 하늘 아래 눈부시게 반짝이는 금빛 탑과 그 앞에서 경쟁적으로 기념사진을 찍는 사람들을 구경하면서 한참 동안 내가 원하는 만큼 마음 편히 앉아 있다 내려올 수 있었다.

그러나 방에서 책을 읽다가 심심해진 그날 밤, 혹시 같이 놀 만한 사람이

chiang mai. thailand

없을지 수차례 게스트하우스 로비에 나가 정탐(?)을 하고 오는 부지런함, 로비에 앉아 책을 읽으면서도 곁눈으로 지나다니는 여행객들을 관찰하는 주도면밀한 이중성, 이런 것이 홀로 여행자의 마음이 아닐까.

혼자 있는 걸 좋아해서 여행도 홀로 떠나게 되었는지, 홀로 여행의 재미 덕분에 혼자 있는 걸 더 좋아하게 된 것인지는 저마다 다르겠지만 한 가지 확실한 명제는, 혼자 여행을 떠나는 사람은 적어도 혼자 있는 시간이 불편하거나 고통스럽지 않다는 점일 것이다.

전문적인 심리 검사를 받아보지는 않았지만, 나는 누군가와 함께 있을 때 에너지가 소비되고 혼자 있을 때 충전되는 종류의 사람이다. 세상 사람을 '외향적 사람'과 '내향적 사람'으로 단순히 이분한다면 경계선에서 멀찍이 떨어져 후자에 속하는 인간형, 소비하는 에너지에 비해 충분히 큰 즐거움을 얻을 수 있을 만큼 잘 맞는 사람들과의 최소한의 교류만 있으면 일상에서 좀처럼 외로움을 느끼지 않는 사람, 에너지가 비효율적으로 소비되는 관계의 불편함보다는 차라리 외로움을 선택하는 사람이다.

"둘이서 신나게 떠들고 싶은 밤이 있으면 혼자 조용하게 취하고 싶은 밤도 있다. 둘이서 어깨를 기대고 싶은 밤이 있으면 혼자 차가운 바람을 맞고 싶은 밤도 있다." _ 다카하시 아유무, 〈Love & Free〉

100%의 여행

▷ '재미있는' 비소설—특히 인문 서적—은 비교적 찾기 쉽다. 관심 있는 분야가 정해져 있으니 제목과 목차를 보고 서문을 읽고서 휘리릭 넘겨보면 재미있을지 없을지 어느 정도 감이 온다. 사실을 기반으로 하는 인문 서적은 객관적인 우열 비교가 어느 정도 가능하고, 언론이나 다른 이들의 평가가 좋으면 대체로 괜찮은 책인 것 같다. 하지만 '좋은' 소설을 찾기란 쉬운 일이 아니다. 아무리 유명한 소설가의 베스트셀러라도, 권위자의 극찬을 받은 책일지라도 내 마음을 움직일 수 없다면 의미 없는 종이 뭉치일 뿐이다.

남녀의 만남도 비슷하다. 잔뜩 기대를 하고 펼쳤지만, 막상 읽어보면 한 페이지 나아가기 더딘 소설처럼, 아무리 외모나 조건이 마음에 들더라도 웃음 코드가 영 안 맞거나, 공감 능력이 현저히 떨어진다거나, 잘난 척

아는 척이 심하다거나 등의 이유로 함께 시간을 보내는 일이 급격히 피곤해지는 경우가 많다. 어떤 여자(남자) 좋아하세요? 라는 질문에 명쾌하게 대답하기 어려운 것처럼 –설령 인내심을 가지고 들어줄 수 있더라도 많은 시간과 경험의 공유가 필요한 것처럼– 어떤 소설을 좋아하세요? 라는 질문에 대한 답은 간단하지 않다.

얼굴과 몸매만 좋다면 무엇이든 용서할 수 있다거나, 직업과 조건에만 관심이 있는 등 이성을 판단하는 기준이 단순 명확한 사람도 있을 것이다. 마찬가지로 비행기에 가지고 타기에 적합한 책처럼 킬링타임에 최적화된 이야기가 소설을 고르며 기대하는 유일한 미덕인 독자도 있을 것이다. 내가 좋아하는 소설은 너무 재미있어서 끝까지 책장을 놓을 수 없는 책은 아니다. 혼자서 책을 읽지만 '9와 3/4번*' 플랫폼으로 들어오는 열차처럼 행간의 여백 사이로 비밀스레 누군가와 교감하는 기분, 마음을 콕 찌르는 듯한 문장과 메모해두고픈 표현이 있고, 맨 끝장을 덮으면서 자연스레 고개를 들고 맞은편 벽을 멍하게 쳐다보게 되는 책이다.

내가 웃을 때 같이 웃고 마법처럼 내가 원하는 방식으로 반응하는 사람, 큰 에너지 소비 없이 자연스럽게 대화가 이어지고 나랑 관심과 가치관이 통하는 사람을 만나는 일처럼, 수십 년을 서로 모른 채 살아온 사람과 같은 주파수로 진동하는 듯한 공명을 느낄 때 마음속의 벽이 순식간에 허물어지는 것을 느낀다.

수백 장 종이에 빼곡히 담긴 글과 이야기에 반하게 되는 일도 마찬가지다. 4월의 어느 아침 하라주쿠 골목길에서 100% 여자아이를 우연히 스쳐 지나가는 일처럼 말이다.

여행도, 여행지도 자기가 좋으면 그만이다. 아무리 인기 여행지라도 이상하게 정이 안 가는 곳이 있는가 하면 별 기대 없이 지나가다 들른 이름 없는 마을이 여행의 하이라이트가 되기도 한다. 마음에 안 드는 것투성이지만 딱 한 가지 매력에 끌리는 것, 총점은 높지만 딱 한 가지 결점 때문에 '과락'되는 점은 이성도, 소설도, 여행도 마찬가지인 것 같다.

---

* 조앤 K. 롤링의 소설 〈해리 포터〉에 나오는 가상의 기차 플랫폼. 마법 학교 호그와트에 가기 위해서는 벽을 뚫고 9와 3/4 승강장으로 가야 한다.

avignon france

chiang mai. thailand

공학자처럼 여행하기

> 〈인류학자처럼 여행하기〉라는 책에서 저자 로버트 고든은 인류학자야말로 최고의 여행자 집단이라고 했다. 현지답사와 참여 관찰을 통해 현지인과 깊이 소통하며 객관적인 시선으로 인간과 사회를 바라보려 노력하고 식사와 위생 문제가 여의치 않은 오지 부족 마을에서 장기 체류하는 것도 마다치 않는다. 겉핥기가 될 수밖에 없는 단기 여행과 인류학적 현지 관찰은 가장 반대되는 여행의 방식인지도 모르겠다. 그렇다면 인류학자의 대척점에 있는 여행자 집단은 -'최악'은 아닐지언정- 공학자일지도 모르겠다. 여행은 낯선 환경에서 입력되는 정보를 처리하며 빠른 판단을 내려야 할 기회가 많기 때문에 세상을 기계적으로 바라보고 정량화하는 공학적 사고방식을 발휘(?)할 기회가 많은 시간이다.

1

비행기 추락 사고 소식을 듣고 나면 비행기 타는 것이 겁나기도 한다. 비행기를 탄 누적 횟수가 점점 늘어날수록 이러다가 한 번쯤은 추락할 수도 있지 않을까 싶은 걱정이 커지기도 하지만, 그럴 때마다 확률론의 독립 사건을 떠올리며 스스로를 달랜다. 2할 5푼 치는 타자가 세 번째 타석까지 범타로 물러났다고 네 번째 타석에서 안타 칠 확률이 더 높은 것은 아니라고 말이다. 심리적, 상황적 변수를 제외한다면 매 타석 안타를 치는 것은 서로 영향을 주지 않는 '독립적인' 사건이기 때문에 통계적으로 안타를 칠 확률은 매 타석 동일하게 4분의 1이다.

통계적으로 비행기 사고가 발생할 확률이 똑같이 p라고 하면 내가 탄 비행기가 추락할 확률도 지금까지 탄 횟수와 관계없이 매번 똑같이 p라고 생각하며 안심하는 나를 발견한다('평생 비행기 사고로 죽게 될 확률'은 조금 다른 이야기지만). 그리고 보니 내가 탄 비행기가 사고기가 될 수 있다는 불안감을 잠시 접더라도 비행기를 탈 때마다 매번 '죽음'에 대해 잠시나마 생각해보게 되는 것 같다(이것은 비공학적인 자세인지도 모르겠다).

bangkok, thailand

방콕에는 수북하게 쌓은 우유 빙수 위에 망고, 딸기 등의 과일 토핑을 올려주는 유명한 빙수 가게가 있다. 빙수를 먹으며 주변을 둘러보니 옆자리에 앉은 두 사람은 작은 컵 2개(65밧×2)를 시켜서 각각 다른 토핑을 올려서 나눠 먹고 있고, 또 다른 테이블의 커플은 큰 컵 1개에 두 가지 토핑(105밧)을 올려서 같이 맛보고 있었다. 비슷한 목적을 위해서 서로 다른 선택을 내린 사람들을 관찰한 후 아주 짧은 시간 동안 나는 머릿속에서 '얼음 양 대비 토핑의 양이 많은 것'을 더 맛있는 기준으로 가정하고 둘 중 어느 팀이 더 효과적인 판단을 했는지 생각하게 되었다.

얼음 위에 올라간 과일 토핑의 두께가 일정하다고 가정하면 토핑의 양은 표면적에 비례하므로 크기 r의 제곱에 비례하고, 얼음의 양은 크기의 세제곱에 비례하므로 '얼음 대비 토핑의 양'은 크기에 반비례하게 된다. 더 작은 컵을 시킬수록 얼음 대비 토핑의 양이 많아지는 셈이다. 작은 컵과 큰 컵에 담긴 얼음의 양이 가격에 비례한다고 단순화하면 작은 컵 2개를 시킨 것이 더 효과적인 판단이라는 결론. 이런 오지랖 넓은 생각에 이어서 −수박의 껍질 두께가 크게 차이 나지 않는다면− 작은 수박보다 큰 수박이 부피 대비 먹을 것이 많다는 −=껍질의 비율이 낮다는− 모두가 이해하기 쉬운 예를 떠올린 후에는 좀 더 뿌듯하게 빙수를 먹을 수 있었다.

기차 예약 중 좌석을 정하거나 버스에서 자리를 고를 기회가 주어질 때, 출발지와 목적지의 방위를 떠올리며 진행 방향과 시간대에 따른 햇빛의 방향을 고려해서 자리를 선택한다. 좀 더 시간이 주어지거나 이동 경로에 따른 해의 방향이 복잡해질 경우 머릿속에 여행 시간에 따른 햇빛의 세기변화함수 $S(t)$를 대략 그려보고 그것을 여행 구간에 따라 적분을 해서 좌석에 따른 '총 햇빛 노출량(E)'을 생각해본다.

예를 들어 12시에 해가 남중하고 18시에 해가 정확히 서쪽으로 지는 날 12시부터 여섯 시간 동안 지도상 7시 방향에서 1시 방향으로 버스를 타고 이동한다고 단순화할 경우, 진행 방향 오른쪽 자리에 앉으면 12시부터 2시간 동안 강한 햇빛을 받게 되고, 왼쪽 자리는 14시부터 18시까지 4시간 동안 좀 더 약한 해가 들어온다. 좌석 왼쪽 창가, 오른쪽 창가에 앉았을 때 각각 햇빛 노출량을 비교하고 자리 선택을 위한 부등식을 세울 수가 있다. 물론 창가 자리에 앉지 않거나 커튼을 치는 방법으로 이런 쓸데없는 생각을 더욱 무의미하게 만들 수도 있고, 그냥 아무 데나 내키는 곳에 앉는 가장 현명한 선택을 할 수도 있다.

passu. pakistan

4

시내버스에서 내리는 문보다 뒤쪽에 서 있다가 내릴 때 버스가 브레이크를 밟는 순간 차 진행 방향으로 가해지는 관성력을 이용해서 '힘들이지 않고' 문까지 전진하며 '에너지를 절약'했을 때, 나무 한 그루 심거나 재활용 제품을 이용한 것만큼 보람을 느낀다.

고등학교 때는 수학 한 과목을 더 배우느냐 정도의 차이였던 이과와 문과의 구분, 혹은 대학의 전공이나 졸업 후의 직업. 경계 없는 영역에 교육제도가 만들어 놓은 고리타분한 경계선 같기도 하지만, 직업이나 전공마다 요구되는 사고방식대로 반복적으로 훈련되면서 성격과 생각하는 방법이 달라진다는 생각이 들어서 새삼 놀랄 때가 있다.

어디까지나 사람 따라 상황 따라 다르기 때문에 일반화할 수는 없는 이야기일 테지만, 이렇게 적어 놓고 보니 공학적인 생각은 여행의 분위기를 해치고 동행자와 불화를 일으키는 최적의 방법 같기도 하다. 동행이 있다면 이런 머릿속 생각들을 메모장에만 적어두고 발화하지 않음으로써 불화를 방지하는 것이 어느 상황에서나 '효율을 극대화'를 추구하는 공대생의 이상적인 여행법일 것이다.

bangkok. thailand

manakha. yemen

karakul lake. china

#act 3

이상한
　　　나라의
낯 설 고
　　숨은
이야기

이상한 나라

> 짐을 풀고 가벼운 몸과 마음으로 거리에 나서는 순간 나를 휘감는 후덥지근한 공기, 요란한 오토바이 엔진 소리와 매캐한 배기가스, 오감을 사로잡는 동남아 특유의 헐렁한 느낌은 순식간에 나를 새로운 세상으로 데려다 놓는다. 이 세계는 무덥지만 불쾌하지 않고, 경적 소리는 시끄럽지만 소음이 아니며, 불완전 연소된 매연이 섞인 공기는 탁하지만 유해하지 않은 '이상한 나라'다.

이 모순된 공간에서 나는 흐르는 땀을 닦지 않고 땀에 젖은 티셔츠를 찝찝해하지 않으며 음식에 들어간 머리카락 정도는 무표정하게 건져내어 휙 던져버리고 시커먼 배기가스 구름을 피하지도 코와 입을 손으로 막지 않는, 평소와 다른 내가 된다.

bangkok. thailand

멀쩡한 사람도 예비 군복만 입으면 어딘가 불량해지는 것처럼 동남아의 공기는 평범한 '소시민'의 몸을 조이고 있던 나사를 약간 풀어놓는다. 동남아 여행에서 제일 좋아하는 장소는 길가에 테이블이 놓인 허름한 식당들이다. 코카콜라나 스프라이트 따위의 로고가 반쯤 벗겨져 있고 한때 원색이었으나 빛바랜 플라스틱 테이블과 엉성한 의자에 앉아서 먼지 묻은 클리어 파일을 넘기며 음식 사진과 영어 이름을 비교하고 메뉴를 고른다. 행인들로 붐비고, 테이블 앞으로 경적 소리 요란한 오토바이들이 수시로 거대하고 시커먼 구름을 내뿜고서 사라지는 곳.

등 뒤 어디선가 탈탈거리며 불어오는 선풍기 바람을 맞으면서 얄팍해 힘이 없는 포크를 쥐고 기막힌 맛은 아니지만, 대체로 평균 이상을 하는 음식을 먹는 틈틈이 양손으로 부지런히 파리를 쫓기도 하고 갱지 같은 티슈를 꺼내 이마에 흐르는 땀을 훔치기도 한다. 비흡연자지만 왠지 이럴 때 담배 한 개비 피우면 기분이 더 살 것 같다.

엉덩이를 앞으로 쭉 뺀, 허리에 해로운 자세로 빵빵거리는 차들의 행렬과 느긋한 여행객들의 표정을 구경하면서 맥주잔을 들어 벌컥벌컥 들이켜는 순간이 하이라이트. 혼자서 식사 두 접시에 맥주 두 병을 마시고도 머릿속 환율 계산기의 액정에 고작 몇천 원밖에 안 되는 금액이 표시될 때는 행복하지 않을 수 없다. 맥주병과 접시를 무심하게 내려놓고 가는 아주머니는 이방인을 특별히 반기지는 않지만 두세 번 가다 보면 반갑게 알아보고 친절한 미소를 나누어준다. 철제 의자나 테이블보가 덮인 제대로 된 식탁을 갖추고서 '외국인 손님을 맞을 준비가 된 식당'에서는 그만큼의 해방감이 들지 않았던 것 같다.

초현대적 쇼핑몰이 밀집해 있어서 저마다 제일 좋은 옷을 신경 써서 골라 입고 외출 나온 것 같은 방콕의 시암에서 이틀을 보내고 카오산 로드로 숙소를 옮기니 마음이 한결 편해졌다. 세수를 안 해도 될 것 같고, 쓰레기를 길바닥에 버려도 될 것 같고(실제로 버리진 않지만), 대낮부터 취해 있어도 이상할 것 없는(실제로 그러기도 하고), 카오산 로드의 허술한 분위기 덕에 여행 온 기분이 제대로 나는 것 같았다.

카오산 로드가 너무 번잡하게 느껴진다면 한 블록 떨어진 람부트리 골목이 평화와 자유의 조화가 좋은 것 같다. 너무 붐비거나 시끄럽지 않으면서 사람 구경하는 재미는 카오산 로드에 뒤지지 않는 곳. 길가에 놓인 엉성한 테이블에 앉아 맥주를 마시고 땀을 식히면서 전 세계 다양한 인종과 옷차림, 다양한 관계, 다양한 여행의 목적과 방법을 가진 행인들을 구경하는 장면은 태국 여행에서 가장 뚜렷한 기억이다.

luang prabang. laos

여행자들의 사치

> 동남아, 인도, 남미 등 물가가 저렴한 여행지에는 외국인 여행자들이 모이는 아지트 같은 장소들이 있다. 문을 열고 들어가면 순간이동을 한 듯 커피 향이 그윽하고, 베이글·크루아상 같은 음식을 파는 가게의 인테리어는 뉴욕 어디쯤이라 해도 믿을 만큼 주변 풍경과는 사뭇 이질적이다. 현지인들에게는 터무니없이 비싼 값이지만, 외국인 여행자들—특히 서양 여행자들—에게는 몇 달러 정도 기꺼이 더 내고서 쾌적한 에어컨 바람을 쐬며 익숙한 '고향의 맛과 서비스' 속에서 시간을 보낼 수 있는 곳. 배낭여행자들은 외국인 관광객 중에서도 가장 돈을 아껴 쓰는 사람들이지만, 5달러짜리 도미토리를 고집하면서도 에스프레소 파는 카페를 찾아가 8달러짜리 '카페라테+샌드위치 세트'를 사 먹는 사람들이기도 하다. 낯선 세상을 탐험하는 미묘한 긴장감도 좋지만 가끔은 나와 비슷한 사람

들이 주는 동질감이나 익숙한 맛과 향기가 주는 편안함이 그립기도 하다. 익숙한 것을 피해 먼 곳으로 떠나왔지만, 줄곧 이어지는 '낯섦' 속에서는 거꾸로 간헐적인 익숙함이 짜릿한 '낯섦'의 또 다른 얼굴이 된다. 현지식당에서 끼니 몇 번을 해결할 수 있는 돈일지라도 많은 여행자들에게 그런 '아지트'는 사막을 건너는 상인들의 오아시스 같은 장소다. 특히 동남아시아 음식에서 우리보다 훨씬 큰 이질감을 느낄 서양인들은 기계에 기름칠하듯 주기적으로 제대로 된 커피와 빵을 섭취할 필요가 있는 것 같아 보이기도 했다.

루앙프라방에는 '조마 베이커리'가 있다. 여행자 숙소가 밀집한 구시가지 메인 스트리트의 초입이자 야시장의 입구, 시내에서 가장 목 좋은 카페 앞은 현지인과 여행자들, 그리고 그들을 기다리는 뚝뚝 기사들로 하루 종일 붐빈다.

루앙프라방을 떠나는 날이자 라오스 여행의 마지막 날, 아침에 잠시 탔던 뚝뚝 기사 아저씨가 인상도 좋고 바가지도 없어서 공항 가는 길에도 이용하기로 했다. 공항 가는 요금도 흥정 없이 단번에 OK. 오후 4시에 조마 베이커리 앞에서 만나기로 약속을 정한 뒤, 나는 3시쯤 숙소에서 짐을 챙겨 나와 조마 베이커리로 향했다. 남은 라오스 돈도 다 쓸 겸, 조마 베이커리의 시원한 에어컨 바람 아래에서 일기를 정리하고 여행을 마무리하며 파파야 스무디를 마실 계획을, 루앙프라방에 도착한 첫날부터 세워 놓고 있었기 때문이다.

그런데 조마 베이커리 앞에 뚝뚝을 세워 놓고 동료 기사들과 잡담 중이던 나의 뚝뚝 기사 아저씨가 큰 배낭을 멘 나를 발견하고는 반갑게 웃으며 다가오셨다. 시계 없는 왼손목을 바라보는 시늉과 함께 일찍 왔다며 좋아하신다. 음… 저기… 아저씨 저 여기서 한 시간만 놀다가 올게요. 4시…, 4시에 출발해요, 라고 입을 열면서 그렇게 미안한 마음이 들었던 것은 이곳이 시장통 쌀국수집이 아니라 조마 베이커리였기 때문인 것 같다.

해맑게 웃으며 4시? 오케이!라고 말하는 아저씨를 뒤로하고 들어선 조마 베이커리의 에어컨은 그날따라 유독 빵빵하게 느껴져서 마음이 조금 더 불편해졌다. 루앙프라방에 온 첫날부터 이 시간을 위해 점 찍어둔 창가 자리가 있었지만, 행여나 손님 없이 땡볕에 앉아 있는 아저씨와 눈이라도 마주칠까 봐 밖에서 보이지 않는 안쪽으로 자리를 잡았다.

중국 신장위구르 자치구의 카슈가르에서 하나만 먹으면 배불렀던 양꼬치는 1위안이었지만 〈론리 플래닛〉이 칭찬한 '이탈리안 스타일' 카페의 커피 한 잔은 양꼬치 20개와 같은 값이었다. 아무리 싸구려 숙소에서 지내며 하루 10달러로 여행할지라도 이곳 조마 베이커리에 앉아 있는 외국인 대부분은 그들의 고향에서는 하루 일당으로 이곳 사람들의 월급만큼 받는 '부자'들일 것이다.

나의 기사 아저씨는 공항 가는 손님을 잡아서 오늘 일당을 이미 채운 것인지 아니면 원래 욕심이 없으신 분인지 나를 기다리는 한 시간 동안 손님을 찾겠다는 의지는 전혀 없이 뚝뚝 뒷자리에 누워서 낮잠을 자고 계셨다.

3시 50분쯤 자고 있는 아저씨를 깨웠을 때 나를 맞이하는 아저씨의 티 없는 미소를 보니 이상하게도 어머니가 떠올랐다. 상대방은 아무 일 없이 낮잠 자고 일어났는데 나 혼자 미안해하고 혼자 감동하고….

thailand

seattle. U.S.A

new york. U.S.A

지구의 V. A.

　≫ 세상에 가고 싶은 곳을 말해보라면 한참이나 쉬지 않고 읊어댈
수 있지만, 미국 여행에 대한 욕심은 많지 않았다. 짧은 역사나 높은 물
가, 대중교통 부족 등이 이유―내지는 핑계―가 될 수 있겠지만, 무엇보다도
내가 여행에서 만나고 싶은 것은 아름다운 자연보다는 다양하게 살아가
는 온갖 인간 군상이기 때문이다.

이따금 자연의 거대함을 마주하게 될 때면 인간 세계의 번잡함과 그들이
만든 역사 따위는 한없이 하찮게 여겨지지만, 그래도 아직은 점과 점을
잇는 여행보다는 골목길을 걸으면서 사람들을 만나고 구경하고 천천히
이동하는 선 같은 여행, 더 나아가서는 면과 같은 여행을 하고 싶다. 하
지만 딱 한군데 예외가 뉴욕이었다. 어느 여행지에 매혹된 합리적인 이
유 따위 없듯이 왜냐 묻는다면 딱히 상대를 납득시킬 만한 구체적인 이

유는 없다. 아마도 어릴 적부터 반복 주입된, '지구 상 제일 유명한 도시'의 아우라 때문일까.

세계 방방곡곡에서 '오빠 강남 스타일'을 수백 번씩 따라 부르고 나면 강남이 어떤 곳인지 모르지만 왠지 가보고 싶어지는 것처럼 TV 뉴스에선 하루도 빠지지 않고 뉴욕 월스트리트가 등장하고 세상에서 제일 분주해 보이는 뉴욕 증권 거래소의 풍경─도대체 뭘 하고 있는지 궁금하다─을 비춘다. 뉴욕 현지에 나가 있다는 특파원 등 뒤로 보이는 타임스퀘어의 현란한 전광판. 한 세기 전부터 이미 빌딩들이 숲을 이루고 있었고, 지금과 크게 다를 바 없이 세계 각지에서 모여든 사람들로 분주했던 땅, 세계에서 제일 높은 빌딩이었던 엠파이어스테이트빌딩의 육중함. 뮤지컬 홍보에는 '브로드웨이를 휩쓴'이라는 수식어가 빠지지 않고, 세계 각지에서 모여든 사람들로 넘쳐나는 '메트로폴리탄'과 '코스모폴리탄'의 원조로서 '뉴요커'라는 단어는 쿨함과 세련됨의 대명사로 우리 입에 찰싹 붙어 있다.

부산 해운대에서 학창 시절을 보내고 서울 봉천동에서 20대를 보낸 지극히 평범한 사람도 일생 동안 적어도 수천 번은 뉴욕이라는 단어와 마주쳤을 것이다. 지구에서 '노출 빈도'가 가장 높은 지명 중 하나기 때문이다. 마추픽추가 아무리 유명하다 해도 '노출 빈도' 면에서 뉴욕과는 비교가 안 된다.

그래서 뉴욕만큼은 그냥 한번 가보고 싶었다. 도대체 어떤 곳일까 싶었다. 2nd Avenue를 따라 33rd Street에서 45th Street까지 걸어보고 싶었고, 햇빛 좋은 날에 센트럴파크 잔디밭을 −상의를 벗진 않고− 뒹굴어 보고 싶었다. 스타벅스 벤티 컵을 액세서리처럼 들고서 뉴요커의 바쁜 행렬과 섞이고, 우아하게 브런치를 먹어보는 것도 괜찮겠다는 생각이 들었다.

길게 머물지 않은 뉴욕의 거리에서 느껴진 가장 큰 특징은 모든 것이 다양하다는 점이다. 피부색, 언어, 눈동자 색, 머리칼 색, 키, 신체 비율과 가슴 크기, 옷차림과 머리스타일, 몸에서 나는 향취, 몸집과 표정, 식당에서 음식 먹는 자세와 공원에서 하는 행동까지, 지금까지 꽤 많은 나라를 여행하면서 수많은 종류의 외모와 언어와 문화와 행동을 보아 왔지만, 그 모든 것들을 한 도시 한 공간에서 보는 것은 마치 지구인들Various Artists의 '컴필레이션 앨범' 같은 느낌이었다.

우리나라는 체형의 편차가 작을 뿐 아니라 키와 다리 길이, 체중과 허리둘레 등 신체 치수 간에 선형적인 관계가 존재하는 데 비해 이 나라에서는 상체와 하체의 모든 변수가 독립적인 것 같다. 우리나라 옷가게의 치수는 1차원이라서 길이가 증가한다는 말은 곧 품도 커진다는 것을 의미한다. 하지만 미국의 옷가게는 2차원이었다. 허리가 더 굵어도 길이는 더 짧을 수 있기 때문에 청바지 파는 곳은 허리와 길이, 두 가지 변수로 치수를 정의해야 한다.

서울 지하철의 한 줄 의자에는 7명이 앉아 가지만, 뉴욕의 지하철 좌석이 몇 인석이냐 묻는다면 쉽게 답하지 못할 것 같다. 서울 지하철처럼 좌석에 엉덩이 놓을 자리를 표시해두는 것은 불가능할 것이다.

뉴욕시의 인구는 800만, 주변의 대도시권을 포함하면 약 2,000만 명 정도로 서울이나 도쿄와 비슷한 규모다. 하지만 뉴욕에서는 무려 800개가 넘는 언어가 사용되고 있다고 한다. 세계적으로 2,500개의 언어가 있다고 하니 한 나라 한 도시에서 800개의 언어가 사용되고 있다면 이곳은 진정 '코스모폴리탄cosmopolitan'. 공식 조사된 언어만 140여 개 정도고, 사용자가 몇 명 남지 않아 멸종 위기에 처한 언어들이 수백 개로 뉴욕은 '전 세계 멸종위기 언어의 보고寶庫'라고 한다. 민족 간 분쟁이나 정치적인 이유로 고향을 떠나온 이민자가 모여 살기 때문이다. 세계의 돈과 문화와 사람이 모여드는 곳, 그리고 다시 전 세계로 퍼져 나가는 세계 도시 뉴욕은 사람 구경하기 제일 좋은 장소다.

seattle. U.S.A

양과 질

> 할리우드 영화와 '미드'의 화면 너머로 가본 적 없는 그곳의 일
상을 수없이 구경해본 탓인지 미국의 풍경이나 생활은 우리에게 꽤나 익
숙하다. 딱히 새로울 것 없을 것 같은 미국을 짧게 여행하면서 가장 놀랄
때는 밥을 사 먹을 때였다. 리필이 되는데도 패스트푸드점에서 제일 큰
콜라를 주문한 사람들 손에 들린 거대한 컵이나 우리나라 지점에는 없
는 -생각만 해도 빽빽한- '트리플 버거' 같은 메뉴…. 무지막지한 1인분의 양
과 디저트 크기 등 '양의 문제'는 두 번째 놀라움.

제일 인상적인 점은 -맛의 밸런스와는 무관하게- 재료를 아끼지 않는다는 것
이다. '치킨 샌드위치' 안에는 당연히 채소보다 훨씬 많은 양의 닭고기가
들어 있고, 베이글을 사면서 추가하는 크림치즈는 거의 베이글 두께만
큼 아낌없이 발라준다. 팬케이크를 시키면서 1달러를 더 내고 블루베리

를 추가하면 '반죽 반 블루베리 반'이 과장이 아닐 만큼 블루베리를 확실하게 추가해준다. 피스타치오 아이스크림에서는 우리에게 익숙한 하늘색 '피스타치오 아이스크림 맛'이 아니라 정말 견과류 '피스타치오'의 맛이 나는 것도 신기했다.

우리나라에서 고기는 '귀한 존재'이기에 비록 조금 들어 있더라도 메뉴의 첫머리에 당당하게 이름을 올리는 주인공이라는 것을 반복적으로 경험해왔다. 학생 식당의 '소고기야채볶음밥' 같은 메뉴는 앞에 나오는 재료일수록 적게 들어 있다는 웃지 못할 농담 아닌 농담도 있으니 말이다. 냉동 오징어 몇 조각과 껍질 벗겨 먹는 품값도 안 나올 새우 한 마리 넣고서 '해물'이라는 수식어를 붙이는 메뉴 작명법에 익숙해진 한반도인에게 미국의 식탁은 약간의 문화 충격이었다.

서울보다 조금 더 비싼 물가지만, 음식 재료값을 따져 본다면 그리 비싸다고만 볼 수 없을 것 같다(햄버거에 패티를 더 넣는다고 더 맛있는 것이 아니듯 그만큼 음식 맛이 더 뛰어난 것은 아니다). 비싼 돈을 냈으면 분위기도 좋아야 하고 대접받아야지, 라는 인식 때문인지 우리나라에서는 추가 비용이 재료비보다는 식당의 '분위기 값'으로 사용되는 경우가 많다. 인테리어는 분식점과 별 차이 없더라도 약간 높은 가격으로 좋은 재료를 써서 '중간 단계'의 음식을 파는 곳은 별로 없는 것 같다.

반면 뉴욕에서는 조금 높은 가격을 분위기가 아닌 음식에만 투자하는 곳, 허름하지만 가격은 평균 이상, 하지만 확실히 질이 좋은 그런 '실속 있는' 음식점들이 많은 것 같아서 좋다. 배스킨라빈스 같은 분위기지만 미련하다 싶을 만큼 오로지 게살로만 속을 채운 20달러짜리 '크랩 샌드 위치'를 파는 곳. 가끔은 이런 가격 대비 성능 좋은 '확실한 사치'를 누려 볼 만하지 않을까.

new york. U.S.A

사람 구경

> 뉴욕에서 제일 좋았던 곳을 꼽으라면 주저 없이 센트럴파크, 단연 센트럴파크, 부럽다 센트럴파크. 맨해튼의 고층 빌딩들이 열대우림처럼 뒤덮고 있는 면적만큼이나 광활한 땅이 오롯이 공원으로 쓰이고 있다. 거대한 땅이 잔디밭이고, 호수고, 운동장이고, 조깅 트랙이다.

북쪽으로 110th Street, 남쪽으로 59th Street, 서쪽으로 8번가8th Avenue, 동쪽으로 5번 가Fifth Avenue에 접해 있는 면적 3.4km²라고 하면 감이 잘 안 오지만, 지도를 보면 그 크기가 짐작이 간다. 공원 안에는 인공 호수와 연못, 수많은 산책로, 아이스링크, 동물원, 정원, 자연림, 박물관과 미술관, 그리고 야생 동물 보호구역(!)도 있다.

이 노른자위 땅에 거대한 공원이 웬 말이냐 싶을 만큼 뉴욕 한복판 맨해튼의 알짜배기 땅을 독차지하고 있는데, 센트럴파크의 땅값은 대략 5천억 달러(500조 원) 정도라고 한다. 무계획적으로 세워진 도시를 정비하려는 도시 미화 운동의 일환으로 1850년대 처음 만들어졌다가 −물론 그때도 빈 땅이 아니었기 때문에 공원 만들기는 간단한 일이 아니었다− 1934년경에 지금과 같은 모습으로 단장되었다고 한다.

센트럴파크의 백미는 사람 구경이다. 서울 거리에서 볼 수 있는 사람들의 '행동의 종류'를 계량해서 열 가지 정도라고 한다면 뉴욕 맨해튼 거리에서는 백 가지 정도, 센트럴파크에서는 천 가지 정도 될 것 같다. 정말 많은 사람이 남의 눈치 보지 않고, 자신만의 세계 속에서 온갖 다양한 일을 한다.

조깅 코스 역할을 하는 순환도로에 서 있으면 지구 상 모든 인종의 모든 연령대, 모든 종류의 체형을 가진 여성들이 달려온다. 우리나라의 사회인 야구팀보다 나은 장비를 갖춘 10살 남짓한 아이들이 차지한 리틀야구장에서는 아이 아버지들이 심판을 보고 볼 보이 역할을 하고 기록을 하고 응원도 하는, 미국 영화의 한 장면 같은 야구 시합을 구경할 수 있다. 근처의 좀 더 큰 야구장에는 노숙자와 히피의 경계쯤 돼 보이는 말라깽이 아저씨들과 100kg은 훌쩍 넘을 듯한 청년들 대여섯 명이 베이브 루스* 시절에 썼을 법한 글러브를 끼고 우리나라 초등학생들처럼 야구를 하고 있다.

반나체 차림에서부터 꽁꽁 싸맨 의상까지 다양한 노출 정도를 가진 사람들이 선탠, 독서, 낮잠, 원반던지기, 요가, 체스를 한다. 지나다니는 사람의 눈에 가장 잘 보일 만한 길목에서 돋보기 너머로 초등학생 사생대회 수준의 그림을 진지하게 그리고 있는 할머니, 신학 토론회 같은 모임과 늑대만한 애완견 훈련시키기에 전념하고 있는 가지각색의 사람들을 한눈에 볼 수 있는 잔디밭에 나도 따라 누워 보았다. 도심이라고 믿기 어려운 울창한 나무들 뒤로 보이는 고풍스러운 고층 빌딩들이 참, 아름다웠다.

베이스, 기타, 트럼펫 트리오의 길거리 공연이 끝나자마자 다음 시간을 예약한 사람들처럼 베이스, 기타, 트롬본 트리오가 나타나서 연주하더니 마치 짠 것처럼 두 밴드가 같이 연주를 시작한다. 연주 중반 즈음이 되자 대공황 시대에 어울리는 체크무늬 바지를 입은 남자가 나타나서는 구경하던 여성들에게 손을 내밀어 차례로 커플로 춤을 춘다. 분위기가 무르익자 밴드 관계자인지 즉석에서 참여한 행인인지 알 수 없지만, 미드 〈빅뱅이론〉의 라지처럼 재미없게 생긴 남자가 등장해 체크무늬 남자보다 더 현란한 발놀림으로 파트너를 리드했다. 이 성공적인 거리 공연에 참가해 춤을 춘 사람들 모두 바람잡이가 아닐까, 생각이 들 정도의 엄청난 흥행이었다. 하긴 여긴 뉴욕이니까, 전 세계에서 일어나는 그 어떤 모습도 다 볼 수 있는 것인지 모르겠다.

뉴욕에 살아볼 수 있다면 하루 종일 센트럴파크 여기저기 앉아서 사람 구경을 하면 좋을 것 같다. 매일매일 새로운 것, 새로운 유형의 사람을 발견할 수 있을 것 같다. 여행하면서 이곳에 살아도 되겠다, 싶은 곳이 많지는 않은데 센트럴파크가 우리 집 앞이면 참 좋겠다는 생각이 들었다(물론 나만 그렇게 생각하는 게 아니라서 공원 부근 집값이 엄청 비싸다는 것이 함정이다).

* 1910~20년대 활동했던, 미국에서 가장 인기가 많았던 프로야구 선수.

sanaa, yemen

시간이 멈춘 곳

▷ 미국 드라마 〈프렌즈〉의 한 에피소드에서 챈들러는 네일숍에서 옛 애인인 제니스를 우연히 만난다. 챈들러는 그녀를 떼어내기 위해서 아주 멀리 전근을 가게 되었다고 거짓말을 하는데, 어디로 가냐는 질문에 허둥지둥 생각해낸 장소가 바로 예멘이다. 끈질긴 제니스가 공항까지 따라오는 바람에 어쩔 수 없이 정말 예멘으로 떠나게 되는 에피소드. 예멘은 그만큼 멀고 생뚱맞게 느껴지는 나라였다. 챈들러에게도, 나에게도.

나를 아라비아 반도 끝자락 예멘으로 이끈 것은 유심히 살펴보아도 언제 찍은 사진인지 추측할 단서가 없는 한 장의 사진이었다. 분명 최근에 찍은 사진 같은데 건물이나 골목, 전통 복장을 입은 사람들의 모습만 본다면 수백 년 전이라고 해도 믿을 만한 풍경이 담겨 있었다.

전 세계에 수백 년 전의 옛 모습을 간직하고 있는 도시는 아주 많다. 가이드북에 '시간이 멈춘 곳', '중세 도시' 등의 이름으로 묘사되는 곳들. 예멘의 수도 사나도 그런 곳 중 하나다. 성벽으로 둘러싸여 '올드 사나'라 불리는 구도심에는 오래된 건물과 골목이 수백 년 전 모습을 고스란히 간직하고 있다. 벽돌로 지은 집들의 테두리를 석회로 하얗게 칠해서 마치 생크림을 바른 초코케이크 같은 매우 독특한 풍경으로 말이다.

하지만 사나가 다른 중세 도시들과 차별화되는 점은 이 도시에 살고 있는 사람들마저도 시간이 멈춘 것 같아 보인다는 것이다. '중세 도시'란 호칭은 사실 박물관과도 같아서 고색창연한 건물들 사이에는 동시대적 복장을 한 사람들이 살고 있으며 맥도날드, 코카콜라 등의 '비‖중세적' 간판이 즐비한 경우가 대부분이다. 반면 예멘은 진정한 시간 여행이 가능한 곳이다. 거리의 사람들은 대부분 전통 복장을 입고 있는 데다 성인 남성들은 치마 같은 하의와 함께 '잠비아'라고 불리는 단검을 배 한가운데 차고 다닌다.

드문드문 보이는 카메라 든 외국인 관광객들만 없다면 시대를 추정할 만한 단서가 거의 없어서 골목을 지나며 내게 먼저 인사를 건네는 그들의 모습은 마치 사극 촬영을 위해 동원된 엑스트라처럼 보일 정도다. 예멘은 아시아, 아프리카, 유럽의 길목에 위치하여 오랜 시간 여러 문화로부터 영향을 받았으면서도 '아랍적'인 기질과 문화 전통을 가장 잘 간직하고 있는 곳이다. 오일머니로 모래 위에 신세계를 세우고 있는 아라비아 반도 이웃 나라들에 비해 자원도 없고 풍족하지는 않지만, 전통을 자랑스럽게 여기며 오랫동안 지키고 살아가는 사람들은 예멘 여행의 가장 큰 매력이다. 현대 사회의 시간 개념을 거부하는 곳, 맥도날드도 없는 곳, 그리고 무엇보다도 지금까지 내가 여행해본 나라 중에서 가장 친절한 사람들이 사는 땅이다.

sanaa. yemen

사막의 마천루

> 합승택시를 타고 사윤 마을을 벗어나면 거대한 모래 절벽 사이로 와디^{건천}를 따라 하드라마우트 계곡을 달린다. 뜨거운 햇살마저 뿌옇게 만드는 지독한 모래 먼지 탓에 명도는 높지만, 채도가 낮은 신비로운 풍경이다. 그러다 문득 원근법을 무시하는 듯한 규모의 인공적인 무언가가 황량한 사막의 모래바람 사이로 모습을 드러낸다. 그 풍경이 신기루처럼 보이는 것은 바람 따라 춤추는 희뿌연 모래 구름의 방해 때문이 아니라 사막 한가운데 존재하기에는 너무 크고 밀도가 높아 보이기 때문이다. '사막의 맨해튼', '세계 최초의 마천루'라 불리는 '시밤'이다.

길게는 1,700여 년의 역사를 가지고 있는 사각형의 성벽 안에는 5층부터 10층 이상 되는 '고층 빌딩'들 500여 채가 빽빽하게 들어서 있다. 끝없이 넓은 사막지대에 이렇게 높은 밀집 도시를 건설한 이유는 베두인

shibam. yemen

의 습격으로부터 방어, 수년 주기로 반복되는 사막의 일시적 홍수 대비, 모래바람과 햇빛을 피하기 위함 등이라 하는데, 아무리 그런 설명을 들어도 건물의 높이는 대체로 땅값에 비례한다는 현대인의 상식으로는 쉽게 납득되지 않는 주거 형태였다. 지나치게 이국적이고 심지어 비非지구적인 풍경은 주민의 필요가 아니라 미래에 찾아올 관광객을 감동시키기 위해서 계획적으로 지어졌다고 하는 편이 더 설득력 있어 보일 정도다. 그만큼 사막 한가운데 우뚝 솟은 요새 같은 이 도시의 풍경은 기묘하고 특이하다.

햇볕에 말린 벽돌인 어도비를 쌓아서 지었으며 토대인 아래층과 햇빛과 바람에 노출되는 꼭대기 부분만 하얀 회반죽을 발랐다고 한다. 1~2층은 축사나 창고, 3층은 남자 응접실, 4층은 부녀자들의 공간 등으로 층마다 용도가 나누어져 있는 수백 채의 건물 중 가장 오래된 건물은 1,000년이 넘는 역사를 가졌다고 한다.

빽빽하게 솟은 고층 건물 숲은 그 사이사이로 미로 같은 골목길을 낳는다. 잘 구획된 널찍한 도로 사이에 건설된 현대의 마천루와 달리 '사막의 마천루' 골목길은 당나귀 두 마리 겨우 비껴갈 정도로 비좁고 미로처럼 복잡하다. 소리 지르고 우르르 뛰어다니는 아이들과 이방인에게 인사하며 다가오는 사람들의 모습은 예멘 어느 곳이나 똑같다.

사나 공항

▷ 예멘의 수도 사나 국제공항은 특별했다. 지방 도시의 버스터미널 정도 되어 보이는 규모나 공항 면세점에서 유선 전화기와 카시오 쌀집 계산기가 팔리고 있다는 점 때문은 아니다. 인도의 거리와는 완전히 다른 나라 같아 보이는 델리 국제공항터미널처럼 수도의 국제공항은 나라의 경제력이나 문화와는 관계없이 '글로벌 스탠다드'를 따른다고 생각해 왔던 믿음이 사라졌기 때문이다.

사나의 국제공항터미널은 사나의 거리 풍경을 꾸밈없이 닮아 있었다. 담배 연기 자욱하고 공항터미널 바닥에는 사람들이 버린 쓰레기가 굴러다닌다. 화장실에도 휴지가 없다. 하루에 몇 대 있지도 않은 국제선 비행기는 에미레이츠, 카타르 항공 같은 외국 항공사만 제시간에 출발할 뿐 국적기 예메니아 항공은 몇 대 연속으로 2시간 이상 딜레이일뿐 아니라 출

sana. yemen

발 시각이나 탑승 게이트 등의 표시도 찾기가 쉽지 않다.

내가 타야 할 '두바이행'과 하필 비슷한 시간에 출발하는 발음이 비슷한 '뭄바이'행 비행기가 있었다. 아랍어와 함께 나오는 영어 방송도 도저히 알아들을 수가 없어서 마치 버스 기사에게 행선지를 확인하듯 기내에 탑승한 후 스튜어디스에게 몇 번이나 이 비행기가 두바이행이 맞냐고 확인해야 했다.

가장 놀라운 장면은 탑승 시간을 앞둔 게이트 앞에서 벌어졌다. 탑승 시작 한참 전부터 게이트 앞에 늘어서 있던 사람과 가방의 줄은 창밖에 비행기로 향하는 버스가 나타나는 순간 무너져버렸다. 아슬아슬 두 줄 이었던 것이 네 줄이 되고 여섯 줄이 된 후 순식간에 시장통 최고 인기 짜이집의 점심시간과 다를 바 없는 아수라장이 되어버렸다. 서로 먼저 들어가려 보딩패스를 쥔 손을 쭉 뻗어 직원에게 전달하기 위해 치열한 몸싸움을 벌이는 낯선 풍경을 한참이나 신기하게 바라보고 있자니 정말 낯선 곳에 왔구나, 라는 생각이 들었다.

발상의 전환

>> 예멘 남자들은 발목까지 내려오는 원피스 형태의 옷을 입는다. 티 없이 뽀얗고 풀칠한 듯한 원피스로 흐트러짐 없는 패션을 보이는 이웃 사우디아라비아나 아랍 에미리트의 남성들과는 달리 가난한 예멘에서는 휴일인 금요일을 제외하고는 잦은 세탁과 관리가 필요한 하얀 원피스 대신 편하게 남방을 입고 큰 천을 허리에 치마처럼 두르는 경우가 많다. 그 위에 서양식 재킷을 입는 재미난 믹스매치인데, 서양 문화의 영향이긴 하지만 이마저도 그들의 전통 복장과 잘 어울려서 자연스럽게 보인다. 그리고 현대 사회 속에서도 예멘인들이 자존심처럼 지켜오고 있는 '잠비야'라 불리는 단검을 허리에 찬다. 상대를 위협하는 무기라기보다는 상징적인 장식이기 때문에 실제로 칼을 꺼낼 일은 없다고 한다. 칼을 칼집에서 꺼내는 것 자체를 금기시하고 있고 칼날도 갈려 있지 않기 때문에

아무리 큰 싸움이 나도 잠비야를 무기로 사용하는 일도 없고, 이로 인한 사고도 거의 없다. 어른들의 물건이지만 특별한 날에는 꼬맹이들도 자랑스럽게 잠비야를 차는데, 장난감 같은 잠비야를 배에 두른 예멘 아이들 정말, 정말 귀엽다.

아랍 남성 패션의 대표 아이템인 두건은 펼치면 가로, 세로 1m 정도 되는 사각형의 천으로 '케피야'라고 부른다. 아랍 에미리트, 오만 등 주변의 잘 사는 아랍 국가의 남성들은 단정하게 머리에 두르거나 어깨에 걸치기는 용도로 사용하는 반면, 가난한 예멘에서는 다양한 모습으로 흐트러진, 하지만 매우 창의적으로 사용하는 것을 볼 수 있다.

예멘에서는 이 케피야를 반으로 접어 삼각형으로 만들어서 머리에 두건처럼 돌려서 고정하고 모서리 부분을 꼬리처럼 아래로 늘어뜨린다. 조금 귀찮으면 대충 둘러서 머리 위에 얹어(?) 놓기도 한다.

목받침이 없는 합승 택시에서 목 고정 또는 햇빛 가리개로 하기도 하고, 다리에 힘을 주지 않아도 무릎 안고 앉기 자세를 고정시킬 수 있어 케피야는 바닥에 오랫동안 앉아야 하는 '게이머'에게는 필수품이다. 이런 예멘인들의 기상천외하고 자유로운 두건 사용법 덕분에 여행자의 몸도 마음도 가장 편한 옷을 입은 것처럼 가볍다.

yemen

yemen

카트

> 여러모로 특이한 예멘의 풍경 중에서 이방인에게 가장 신기하게 보이는 것은 카트qat일 것이다. 예멘 어느 도시든 길거리, 카페, 공공장소, 집안 등 장소를 불문하고 다람쥐처럼 한쪽 볼이 터질 만큼 카트 잎을 뜯어 넣고서 몇 시간 동안 우물우물 껌처럼 씹고 있는 사람들을 볼 수 있다. 카트 잎은 씹을수록 기분이 좋아지고 활력이 생기고 졸음이 가신다고 한다. 중독성이나 환각성은 없다고 하나 대부분의 나라에서는 카트를 마약 성분으로 분류해서 판매 및 반입을 금지하고 있다.

긍정적으로 말하자면 예멘 사람들만 즐길 수 있는 기호품인 셈이다. 여기서는 누구도 카트를 마약이라 생각하지 않는다. 예멘 사람들은 카트를 씹음으로써 정신이 맑아지고 힘이 난다고 굳게 믿고 있으며, 예멘 성인 남성의 80%가 매일 카트를 씹는다고 하니 예멘의 남성에게서 잠비아와 카트를 빼면 아무것도 남는 것이 없다는 말이 있을 정도다.

1시부터 서너 시까지는 '카트 타임'이라서 관공서, 은행, 시장 등 대부분의 가게들이 문을 닫고, 사람들은 하던 일을 멈추고 여기저기 모여 앉아 카트 나무의 줄기에 붙은 연한 옆을 하나씩 떼어 입으로 집어넣는다. 술이 금지된 예멘에서 술과 커피를 대신하여 친목의 매개체 역할을 톡톡히 하고 있는 셈인데 예멘에서 카트는 단순한 기호품 정도가 아니라 예멘 사람들의 삶의 방식 같다. 담소를 나누고 친목을 다지기부터 사업관계를 구축하고 결정을 내리는 일, 정치 문제를 토론하는 일도 모두 카트를 함께 씹으면서 이루어진다고 한다.

하지만 이러한 예멘인들의 대단한 카트 사랑에는 부정적인 면도 적잖이 존재한다. 예멘 사람들은 평균적으로 월수입 30% 이상을, 빈곤층의 경우 월수입의 절반 이상을 카트 구입에 사용하고 있다. 물가 저렴한 예멘에서는 짜이 한 잔 100원, 밥 한 끼 천 원 정도 하지만 카트 하루 치를 사려면 몇천 원이 들 정도. 뿐만 아니라 예멘인들이 이렇게 카트를 사랑하다 보니 많은 농민이 식량 작물 대신 재배가 쉽고 부가가치가 높은 카트 재배로 전환하고 있어서 안 그래도 사막지대가 많아 경작지가 넉넉지 않은 예멘에서 문제가 되고 있다.

매일 서너 시간씩 카트를 씹으며 보내고 수입의 절반을 카트 구입에 지출하니 카트는 예멘 경제를 좀먹고 있는 암과도 같은 존재라는 '안티 카

트' 움직임도 최근에 많아졌다고 한다. 하지만 어떤 국가적인 대책도 예멘인들의 카트 사랑을 식힐 수는 없을 것 같다. 카트의 경제적 영향을 논의하는 자리에서도 분명 카트를 씹고 있을 테니.

● 예멘은 2011년 6월 이후 외무부의 여행경보제도 4단계 중 가장 높은 위험성을 가진 여행 금지 국가에 속해 있습니다. 저는 여행 정보가 내려지기 전 2008년 1월에 예멘을 여행하였으며, 당시에는 예멘이 특별히 위험한 여행지로 알려져 있지 않았습니다.
● 이 여행기는 단순히 여행지에서의 감상을 전하기 위한 목적이며, 예멘으로의 여행을 권장하기 위한 것이 아닙니다. 현재 예멘은 내전과 무장 테러 단체의 근거지로서 매우 불안정하고 외국인이 여행하기에 위험한 상황입니다. 하루빨리 평화로운 예멘을 다시 찾을 수 있는 날이 오길 바랍니다.

hunza pakistan

훈자에서는 비가 오면
채식주의자가 된다

> 비록 따뜻한 물은 안 나오지만 파키스탄 북쪽의 훈자 마을, 카리마바드에서 묵은 2천 원짜리 숙소에서는 상상만으로는 부족한 풍경이 내다보인다. 바깥에 의자 하나 꺼내 놓고 앉아서 음악을 듣거나 책을 읽거나 멍하니 앉아만 있어도 세상 근심이 다 사라지는 것 같은 전망.

마을이 작아 식당이 변변치 않은 이 동네 게스트하우스들에서는 매일 저녁 7시가 되면 숙소에 딸린 조그만 식당에 사람들이 모여서 같이 저녁을 먹는다. 메뉴판은 따로 없고 날마다 요리사 마음대로 준비하는 샐러드와 수프부터 밥과 메인 요리 두 가지 정도에 디저트까지 자기 먹고 싶은 만큼 마음껏 먹을 수 있는 나름의 '만찬' 비용은 우리 돈 1,500원이 채 안 된다.

한 가지 특이 사항은 훈자로 오는 유일한 도로인 카라코람 하이웨이는 이름만 '하이웨이'일 뿐 도로 사정이 좋지 않아서 비가 오기만 하면 길이 끊겨 고기를 비롯한 주요 식자재의 공급도 끊긴다는 점. 그래서 훈자에서는 비가 오면 저녁 만찬 메뉴에서 고기가 사라지고 투숙객들은 어쩔 수 없이 채식주의자가 된다.

훈자에서는 게스트하우스 식당의 외상 제도가 인상적이었다. 식당에서 밥을 먹거나 냉장고에서 직접 음료수를 꺼내 먹고 나면 장부에다 양심껏 자기 이름과 금액을 적어두면 되는데 아무도 신경 쓰지도, 감시하지도 않는다. 나중에 떠나면서 정산할 때도 주인 할아버지께서는 장부를 확인하지도 않고 손님이 주는 대로 받고 손님이 달라는 대로 거스름돈을 내어주셨다. 그리 대단한 것이 아닐 수 있지만, 지금까지 어딜 가도 겪어보지 못한 일이었기 때문에 손님들을 단지 '돈'으로만 보지 않는다는 사실 자체에 꽤 감동을 받았다.

행여 여행이라는 것이 세상에서 제일 머물기 좋은 자신만의 천국을 찾아다니는 과정이라면 이제 더 이상 여행을 할 필요가 없는 게 아닐까 싶을 정도로 행복한 동네였다. 매년 여름마다 여기에 휴가 오면 되겠구나 싶었다. 긴 여행의 초반이라서 일주일밖에 머물지 못했지만, 지쳤을 때 쉬어가기에는 완벽한 곳이다. 여행이 피로해졌을 때, 간헐적으로 찾아오는 매너리즘으로 모든 경험이 무덤덤하게 느껴질 때 ―그리고 일하기 싫을 때도- 계속해서 그리워했던 장면은 시원한 바람을 맞으며 훈자의 풍경을 바라보던 내 모습이었다.

동시에 이 세상에 완벽한 낙원 같은 곳은 없다는 교훈도 있다. 물가 싸고 음식도 맛있고 놀거리, 경치 등이 잘 갖추어져 있어 한번 발을 들이면 빠져나오기 힘들다는 '여행자들의 천국'이라 불리는 장소들이 손에 꼽히곤 한다. 하지만 바다 좋고 물가도 싸고 다 좋으나 수도꼭지를 틀면 소금기 덜 빠진 물이 나온다거나, 가격 대비 질 높은 세계 음식을 맛볼 수 있고 이국적 분위기도 흥미로우나 공기가 안 좋아 종일 목이 텁텁하다는 등 하나씩 결점을 가지고 있다.

훈자 마을의 완벽함 중 한 가지 문제점은 수돗물이 시커먼 흙과 섞여 나온다는 것이다. 빨래를 헹궈도 헹궈도 계속 나오는 검은 물에 당황했는데 숙소 아래 훈자 계곡을 흐르는 강물을 보면 그 시커먼 이유를 알 수 있다(훈자 강은 이 지역을 가리키는 카라코람(kara : 검은, koram : 산, 바위)이라는 지명처럼 검은 모래와 자갈이 빙하 녹은 물과 뒤섞여 잿빛을 띠고 있다).

양들의 지옥, 양고기 천국

≫ 양들의 지옥, 거꾸로 말하면 양고기의 천국 카슈가르 구시가지
는 식사 시간이 되면 연기로 자욱해진다. 체육복 바지 위의 교복 스커트
처럼 정말 안 어울리는 것 같지만, 자꾸 보다 보면 조화로워 보이기도 하
는 아랍 글자와 한자가 나란히 적힌 위구르 식당들 앞 화로에서 굽고 있
는 양꼬치 냄새는 '둘둘 치킨' 가게 앞을 지나는 것보다 식욕을 자극한다.
이곳의 양꼬치는 규격이 통일되어 있는 것처럼 살코기 세 점과 기름 부
위 두 점이 꼬챙이에 번갈아 끼워져 있다. 살점 두툼한 이 '표준' 양고기
꼬치는 1위안(180원 정도)밖에 하지 않아서 납작한 빵 '난'과 같이 먹으면
거뜬한 한 끼 식사가 된다.
중국 서쪽 변방 신장 위구르 자치구, 그중에서도 제일 서쪽 끝에 위치하
고 있어 중앙아시아, 파키스탄과의 국경과 가까운 카슈가르에는 양꼬치

외에도 양고기를 이용한 다양하고 저렴한 먹거리들이 가득하다. 그중에
서도 나의 모든 여행 중 먹은 음식을 통틀어 가장 맛있었던 음식으로 꼽
는 신장 라미엔이 있다.

신장 지역의 '라면拉面 라미엔'은 별로 맵지 않다. 수타로 뽑은 밀가루면 위
에 양고기와 피망, 양파, 파 등의 채소가 들어간 토마토소스를 뿌려준다.
현지인 식당에 가면 3위안, 우리 돈 500원 정도. 그 밖에도 양고기로 속
을 채운 파이, 얼큰한 국물에 담아 주는 순대와 내장, 양족羊足을 넣어 지은
밥 등도 양고기 천국의 중요한 구성 요소다.

나는 양고기를 사랑한다. 비린내라고 오해(!)받기도 하는 특유의 '양고기
냄새'가 좋다. 돼지고기와 소고기의 중간쯤 되는 식감과 기름기에서는 야
성적인 고기 냄새가 진하게 스며 나온다. 하지만 무엇보다도 양고기를 좋
아하게 된 것은 맛보다도 양고기에 뿌려진 향신료 가루처럼 겹겹이 묻어
있는 나의 추억들 덕분인지도 모르겠다.

우리나라에서는 '양고기'라는 단어가 주는 이국적인 느낌 탓일 것이다.
'양고기'라는 단어는 나에게 실크로드 카슈가르 골목길의 자욱한 양꼬치
굽는 연기, 아르헨티나 파타고니아의 시원한 바람 속 양 구이asado, 인도
바라나시의 지저분한 가게에서 손으로 먹은 양고기 커리, 매 끼니마다
'치킨 or 머튼'의 행복한 고민에 빠졌던 터키의 케밥 등을 떠올리게 하는

매력적인 단어다.

최근 내 인생사전의 '양고기' 항목에 추가된 삿포로의 '징기스칸'도 빠질
수 없다. 무라카미 하루키의 소설 〈양을 쫓는 모험〉의 배경이기도 한 홋
카이도에서는 수십만 마리의 양을 키우고 있다고 한다. 일본은 1차 세계
대전 이후 군복 소재인 양털을 대량 생산하기 위해서 홋카이도에 대규
모로 양 목장을 세우기 시작했는데, 일본인들은 그때까지 양고기를 먹
지 않아 양고기 소비 장려를 위해서 일본 전통 요리와 결합하는 요리법
이 많이 개발되었다고 한다. 그중에서도 제일 인기를 끌었고 지금까지
홋카이도를 대표하는 음식으로 자리 잡은 것이 바로 양고기를 채소와 함
께 두꺼운 철판에 구워 먹는 '징기스칸'이다. 징기스칸이라는 엉뚱한 이
름은 몽골이나 징기스칸과는 아무 관련이 없고 만주 침략에 힘쓰던 일본
의 당시 상황 속에서 단순히 양고기와 징기스칸의 이미지 때문에 붙여
졌다고 전해진다.

차가운 밤공기를 뚫고 가게의 미닫이문을 열자 좁지만 따뜻한 실내에는
양고기 굽는 연기가 자욱하고 사람들의 대화 소리, 술잔 부딪히는 소리
가 가득했다. 내가 상상했던 삿포로의 따뜻한 풍경이었다. 바bar 형태로
1인당 하나씩 불판이 고정되어 있어서 혼자 가도 어색하거나 불편할 게

없다. 반쯤 익은 징기스칸의 양고기 한 점을 집어 먹고서 깨달았다. 양꼬치도 많이 먹고, 커리에 든 양고기 조각도 수없이 먹어 보았지만, 이렇게 질 좋고 신선한 양고기를 한우 구워 먹듯 숯불에 구워 먹는 건 처음이었다. 요즘 서울에 많은 양꼬치 구이와는 차원이 다른 새로운 육식이었다. 소고기 중 가장 부드러운 부위 정도의 질김에 씹을수록 은은히 풍겨오는 양고기 특유의 매력적인 냄새. 우리나라에서도 양을 많이 키워서 수입 냉동 양고기 대신 신선한 생고기를 소고기와 돼지고기의 중간 정도 가격으로 먹을 수 있기를 혼자 꿈꿔본다.

해발 5,000m의 산책

> 해발 8,848m, 세계에서 가장 높은 봉우리. 이 산을 처음으로 측량한 영국인의 이름을 따서 에베레스트라고 알려진 산은 이곳에 살던 사람들에게 '초모랑마'라고 불리었다. '우주의 어머니'라는 뜻이라고 한다.

해발 5,000m 정도에 위치한 베이스캠프까지는 전문 산악 장비 없는 여행객들도 방문할 수 있다. 베이스캠프에서 8km쯤 못 미친 곳까지 차로 이동한 후, 추가 요금을 내야 하는 마차 대신 걸어서 이동하기로 했다. 가파른 언덕길도 아닌 평탄할 길이기에 한두 시간이면 도착할 수 있을 것 같았다. 상쾌하게 차가운 공기를 마시며 멀게만 보이던 세계 최고 봉우리가 손에 잡힐 듯 점점 다가올 때마다 멈춰 서서 사진을 찍고 동행들과 웃고 떠들던 시간은 30분도 채 되지 않았다.

공기 중 산소가 바닷가의 절반밖에 되지 않는 해발 5,000m. 티베트의 수도 라싸에서도 고산병 증세 없이 나름 잘 적응했다고 생각했는데, 이 희박한 공기 속에서 몸을 움직이는 일을 너무 쉽게 본 것 같았다. 한 발자국 내딛기가 힘들었다. 내 다리는 모래주머니가 아니라 쌀자루라도 매달아 놓은 듯 천근만근 무거웠고, 평지를 걸어가는 데도 숨은 금방 차올랐다. 결국 8km를 짐 없이 걸어가는 데 세 시간이 걸렸다. 마차를 타고 먼저 도착해 있던 사람들은 패잔병처럼 도착한 우리를 보고 입을 모아 말했다.

"보기에 걸어갈 만하겠더구먼."

mt. everest. tibet

mt. everest. tibet

직업 모델

gnam mtsho, tibet

> 5,200m 높이의 고개를 넘어 도착한 해발 4,718m의 남쵸 호수는 지구 상에서 가장 높은 곳에 있는 염수호다. 해발 4,000m 정도에 있는 남미의 티티카카 호수는 세계에서 가장 높은 '항해 가능한navigatable 호수'라고(남쵸 호수에는 배가 다니지 않는다).

남쵸 호수의 주인공은 화려하게 장식한 직업 모델 야크들이다.

인크레더블 인디아

≫ 인도 여행에서 몸과 마음을 힘들게 하는 것은 인도 사람이고, 인도 여행을 잊지 못할 기억으로 만들어주는 것 역시 인도 사람이다. 바가지를 씌우려는 사람, 사기 친 것이 들통 나도 태연한 사람. 그래서 그들의 작은 친절마저도 순수한 마음으로 받아들이기가 망설여지지만, 간혹 대가를 바라지 않는 진실한 호의를 베풀어주는 사람을 만났을 때의 감동은 그만큼 진하다.

여행 중에는 나를 노리고 있는 사기와 모략 속에서 하루에도 몇 번씩 짜증을 내지만, 선생님에게도 모범생보다는 매일 야단치고 매 한 대 더 때린 문제아 학생이 더 기억에 남는 것처럼 여행을 마치고 나면 험난한 일들과 기복 큰 감정들이 더 선명히 남는 법이다. 끈질기게 달라붙어서 그만 따라오라 소리 질렀을 때 행상의 표정부터 터무니없는 가격을 부르던 릭샤왈라의 능글맞던 얼굴까지, 다행히 지금의 기억 속에서는 그저 선하고 친근한 웃음으로 남아 있다. 뻔뻔함에 저주를 퍼붓다가도 어느 순간에는 '너무 했나'라는 후회가 들게 하는, '병 주고 약 주고' 타입의 미워할 수 없는 사람들.

인도 사람들이 자주 하는 말 중에 'no problem'이란 말이 있다.

숙소에 가서 빈방이 있냐고 물어봐도 "No problem!!"
기차가 몇 시간 연착해도 "No problem!!"
흥정하면서 너무 비싸다고 투덜거려도 "No problem!!"
30루피로 합의봐 놓곤 도착하자 50루피 달라고 하는 릭샤왈라도 "No problem!!"
"아까 했던 말과 다르잖아!"라고 화내도 "No problem!!"
자동차 사고가 나서 운전자들이 나와 차를 살펴보다가도 "No problem!!"

'no problem'을 직역하면 '아무 문제 없어'지만 이 말은 상황에 따라 대충 다음과 같은 뜻으로 풀이될 수 있다.

"음… 하지만 어쩔 수 없지 뭐."

"음… 하지만 나랑은 상관없는걸."

"음… 뭐 사람 죽을 일은 아니잖아."

"음… 무슨 방법이든 있겠지."

따라서 인도 여행에서 이 말을 '아무 문제 없다'라고 굳게 믿고 있다가는 사사건건 인도 사람들과 싸울 일밖에 없다. 인도 사람들이 믿는 윤회와 업의 숙명론에 따라 '세상 살다 보면 그럴 수 있지, 이미 다 신에 의해서 정해진 일인데 뭐 이런 걸 가지고 그러느냐?'라는 의미의 'no problem' 이란 말은 지극히 자연스러운 것일지도 모르겠다. 그래서 인도 사람들은 고마움이나 미안함에 대해 표현하지 않는다고 한다. '나를 도와서 당신도 복을 받을 텐데 내가 왜 고마워하나?'라는 생각, 남에게 베풀어 은덕을 쌓아서 더 나은 다음 생을 위해 내가 도와줬으니 오히려 당신이 나에게 고마워해야 한다는 생각. 외국인을 대상으로 무책임한 변명으로 쓰일 수도 있지만, 그들의 인생관을 알아두는 것은 인도 여행 중 '화'를 다스리는 데 도움이 될 것이다.

어떤 여행기에서처럼 인도 사람 모두가 철학자인 것은 절대 아니며 그런 기대를 하고 떠난 인도 여행이 실망으로 끝날 가능성도 매우 크다. 인도 사람들로부터 인생의 진리나 심오한 철학을 배울 수 없을지라도 인도 여행 중 만나는 인도 사람들은 충분히 흥미로웠다.

인도 관광청의 구호는 'Incredible India!'다. 정말 가끔은 구호대로 믿을 수 없는 일들이 일어난다. USB에 외장 하드를 연결해 사진 한 장 옮기는 데 2루피를 내라고 하는 곳, 오렌지 한 개는 5루피인데 같은 가게에서 파는 15루피짜리 오렌지 주스 한 잔을 위해 오렌지 4개를 짜 넣는 곳. 거리 풍경을 보면 실감이 잘 안 되지만, 전 세계 8개밖에 안 되는 위성 자체 발사 능력을 갖춘 나라 중 하나고, 타지마할을 비롯하여 위대한 세계 유산을 수없이 남긴 나라기도 하다. 정말 인크레더블한 나라.

"15루피짜리 오렌지 주스 한 잔에 어떻게 5루피짜리 오렌지 4개가 들어갈 수 있죠?"

"No problem!!"

varanasi. india

화학적으로는 더러우나
정신적으로는 깨끗하다

≫ 바라나시 갠지스 강가의 아침 풍경은 고소한 비누 거품 냄새가 보글거린다. 시바 신이 목욕하는 장소인 갠지스 강은 힌두교도들에게 가장 거룩하고 '깨끗한' 곳으로 숭배되는 곳이기 때문에 이 강에서 목욕을 하면 모든 죄가 씻겨나가고 간절한 소원이 성취될 뿐 아니라 죽은 후에 화장하여 재를 이곳에 뿌리면 끝없는 윤회의 고리에서 풀려나 영원한 안식을 얻을 수 있는 곳이다.

메카를 찾는 모슬렘처럼 힌두교도들의 일생 소원이 이곳 바라나시 강가에서 목욕하는 것이라고 하는데, 태워져 강으로 뿌려지기 위해 이곳을 찾아와 죽음을 기다리는 사람을 포함한 수백만 명의 순례객들과 그들을 '구경'하기 위해 오는 여행객들 덕분에 일 년 내내 붐비는 곳. 특히 떠오르는 해를 배경으로 몸을 씻는 사람, 빨래하는 사람, 기도하는 사람들이 뒤섞인 일출 시간의 강가는 공중목욕탕의 번잡함과 신전의 경건함이 공존한다.

하지만 이 성스러운 강물은 가까이서 보면 상상을 초월할 정도로 더럽다. 강 상류 쪽 화장터에서는 시신을 태우고 그 재를 강물에 뿌리지만, 아무리 오래 태운다고 한들 나무 장작만으로 시체를 완전히 태우는 것은 어려운 일일 뿐 아니라 충분한 양의 장작을 살 돈이 없는 사람의 시신은 다 태우지도 않은 채 강으로 흘려보낸다. 그 아래에서 사람들은 목욕하고 빨래하고 양치질을 하며 심지어 강물을 마시기도 한다.

나의 눈에는 발가락 끄트머리라도 담그고 싶지 않은 물에 몸을 담그고자 악착같이 이곳을 찾고 강물을 떠 마시는 사람들을 보고 있으면 경악을 넘어서 일종의 경외심마저 느끼게 된다. 깨끗할 뿐 아니라 오염을 정화하는 힘도 가지고 있다고 믿는 이 물을 가리키며 어느 인도인 아저씨는 "화학적으로는 더러울지 몰라도 정신적으로는 깨끗하다"라고 말해주었다.

바라나시에서 지냈던 일주일 동안 하루도 빠짐없이 새벽 5시에 일어나서 강가를 산책했다. 다닥다닥 붙은 집들과 사원들 앞의 강가에서는 죽은 사람을 태우는 연기와 죽음과는 상관없는 사람들의 평범한 일상이 교차한다. 정체불명의 온갖 것들이 떠다니는 혼탁한 강물에서 정성스레 빨래하는 사람과 몸에 비누칠하는 사람, 양치질하는 사람과 물을 담아가

varanasi. india

varanasi. india

는 사람들이 공존한다. 떠오르는 해를 향해 기도하는 사람이 다이빙하
며 소리치는 아이들과 몸을 담근 소 떼들과 함께한다. 같은 공간에서 각
자 자기 일에만 열중하고 있는 다양한 군상들을 가트^{강가의 계단}에서 바라
보았다. 그들은 동물원 사파리처럼 보트를 타고 구경하며 사진 찍기에
열심인 관광객들과는 완전히 다른 차원의 세상에 존재하는 것 같아 보
였다. 화학적 오염도와는 무관하게 정신적으로 깨끗한 물은 우리가 깊
은 계곡에서 떠 마시는 '화학적으로 깨끗한' 약수 한 사발보다 약발이 뛰
어날지도 모른다.

처음에는 열심히 사진을 찍었지만, 비좁은 뷰파인더만으로 바라보기에
는 아까운 풍경이었다. 혹시나 여행의 목적이 우리와 다른 '다양한 문화'
를 보는 것에 있다면 최고의 목적지는 이곳 바라나시일 것이다. 세상에
는 이렇게 사는 사람도 있구나, 라는 강력한 문화 충격을 받을 수 있는
곳. 이해하기 어려울 정도로 우리와 너무도 다른 모습으로 살고 있는 사
람들은 지구 반대편이 아닌, 같은 아시아 안에 이렇게 살고 있다는 사실
이 사뭇 놀랍다.

화장터의 철학

> 파슈파티나트, 네팔에서 가장 신성시되는 힌두교 사원이다. 갠지스 강의 지류인 바그마티 강 양쪽으로 사원들이 늘어서 있고, 개울처럼 좁은 강변에는 시체를 태우기 위한 화장터가 있다. 인도의 바라나시 강가의 화장터가 유명하고 개수도 많지만, 사진 찍는 것이 금기시되는 것과 달리 이곳은 구경하기 편한 계단식 구조와 화장터 사진을 찍을 수 있는 장점이 있어서 여행자들이 많이 찾는다. 중앙의 다리를 중심으로 상류 쪽 화장터는 힌두교의 신분 계급에 따라 상류층, 하류 쪽은 일반인들을 위한 장소로 구분되어 있다.

천에 감긴 시신이 들려오면 성스러운 강에 발을 담그고 강물을 뿌린 후 장작을 쌓아 머리가 북쪽을 향하게 시신을 올린다. 상주가 시신의 입에

금전 한 닢을 넣고 주위를 돌며 소라 고동을 분 후 시체의 입에 불을 붙인다. 생전에 인간이 구업口業을 가장 많이 짓기 때문이라고 한다. 상주가 시체가 잘 타도록 장작 이곳저곳에 불을 놓고 나면 그 후 몇 시간 동안 장작을 밀어 넣거나 작대기로 뒤적이며 시체를 고루 태우는 일은 카스트제도의 최하층에 속하는 화부의 몫이다. 시체를 다 태운 후의 재는 강으로 그대로 뿌려진다. 질 좋은 장작을 충분히 살 수 있는 부자들의 주검은 완전히 태워져 가루가 되어 뿌려지지만, 장작을 살 돈이 없는 이들의 주검은 다 타지 못한 채로 강에 버려진다. 화장터 바로 아래에는 그물과 꼬챙이를 들고 강바닥을 뒤적이며 타버린 시신에 붙어 있던 금니 같은 귀중품을 수거하는 사람들이 기다리고 있다.

힌두교는 윤회를 믿는 종교다. 현세의 삶은 전생의 삶에 따라 정해진 것이고, 지금 이 세상을 어떻게 살았느냐에 따라 자신의 다음 생이 결정된다고 믿는다. 때문에 이 세상에서 고통이 심했던 사람일수록 내세에 대한 희망이 강하고 죽음에 대한 두려움이 적고, 그래서 어쩌면 죽음에 이르러서 다음 생에 대한 열망으로 행복마저 느끼는 것은 아닐까. 그래서 힌두교의 화장터에서는 우리나라의 화장터처럼 눈물을 흘리며 슬피 우는 사람이 별로 없다. 죽음이란 끝이 아니고 길고 긴 윤회의 한 과정일 뿐, 시신을 태운 재가 갠지스 강에 이르면 윤회의 고리에서 풀려나 영생

kathmandu. nepal

kathmandu. nepal

의 길로 인도되는 것이기 때문에 슬프지만은 않을 일인지도 모르겠다.

바람이 불면 고기 타는 듯한 냄새와 정체 모를 퀴퀴한 냄새와 함께 장작
의 재인지 사람의 재인지 분간할 수 없는 먼지들이 날아다닌다. 장작더
미 안의 죽은 자는 발을 빼꼼히 내놓고, 아이들은 팬티만 입은 채 강물로
풍덩 뛰어든다. 한쪽 제단에서는 시신이 불에 타기 시작하고, 다른 쪽에
서는 타고 남은 재와 지푸라기를 강에 버린 후 새로운 시신을 맞을 준비
를 한다. 어디선가 노랫소리가 나더니 또 다른 시신이 사람들의 손에 들
려 강가로 실려 온다.

미묘한 관계

> 어느 인터넷 게시판에서 이런 절묘한 비유를 본 적이 있다.

"일본은 마치 헤어진 애인 같다. 잘 나가면 배 아프고 그렇다고 너무 망가져도 가슴 아프다."

2010 남아공 월드컵, 우리나라는 이미 16강에서 탈락한 후에 열린 일본-파라과이 16강 경기. 답답하고 재미없는 이 경기를 연장전에 승부차기까지 왜 두 시간 반 동안 자지 않고 지켜봤는지, 무표정하게 보다 승부차기에서 일본이 실축하는 순간 왜 나도 모르게 입에서 환호가 새어 나왔는지. 그러나 한편으론 하프라인에서 어깨동무하고 있다가 패배가 결정되던 순간 무너져 내리는 일본 선수들의 표정을 리플레이로 반복해 보면서

kamakura.japan

kyoto.japan

는 왜 또 싸구려 동정심이 생기는지.

미묘한 관계다. 일본어와 발음도 비슷한 '미묘한 관계(일본어로 微妙な關係, 비묘-나 칸케이라고 한다)'. 네 살부터 여덟 살까지 살았던 개인적인 감정을 차치하고서도 일본은 우리나라에 특별한 존재임이 틀림없다. 지구에서 가장 비슷한 외모와 풍경을 가지고 있어 지리적으로 정서적으로 가장 가깝게 느껴지지만, 우리의 역사와 자존심에 깊은 상처를 남긴 나라. 과거사 문제나 독도 문제 등 잊을 만하면 우리의 속을 긁어대고 양국 간 스포츠 경기는 항상 치열하다. 하지만 외국 여행 중에 만나는 일본 여행자는 반갑다. 인종적으로 문화적으로 거리감이 느껴지는 서양인들에 비해 일본 사람은 우리와 공통점도 많고 친해지기도 쉽기 때문이다. 그래서 한국인이 가장 많이 찾는 해외 여행지 1위가 일본이고, 일본인이 가장 많이 찾는 해외 여행지 1위도 우리나라다. '가장 가까운 외국'이다. 동시에 '가장 외국 같지 않은 외국'이기도 하다.

도쿄나 오사카 같은 대도시를 여행한 사람들의 가장 흔한 소감 중 하나는 도시 풍경이나 사람들 생김새가 비슷해서 "서울 같네", 일본 음식도 이제는 특별할 것이 없고 "외국에 온 기분이 별로 안 든다" 등의 반응이다. 실제로 일본 대도시의 모습은 일본어 간판만 없으면 서울이라 해도 믿을 만큼 닮아 있다. 기후가 비슷하니 풍광도 비슷하고 고가도로와 고층 빌딩이 늘어선 역사 짧은 거대 도시의 낮은 채도, 네온사인의 화려함, 복잡한 지하철 노선도나 지하철역 모습도 비슷하다.

일본 여행의 가장 큰 즐거움은 우리와 비슷하면서도 미묘하게 다른 점을 발견하는 재미에 있는 것 같다. 먼 나라를 여행할 때는 그들이 우리와 다르다는 것이 '디폴트'라서 오히려 인종과 문화를 초월한 공통점을 발견할 때 즐거움을 느끼는 반면, 우리와 비슷하다는 것을 전제로 바라보는 일본 여행에서는 의외로 비슷한 듯 다른 모습을 찾을 때 재미를 찾을 수 있었다. 나와 비슷하고 가까운 사람이 특이한 행동을 하면 더 신기해 보이는 법이니까.

내가 일본 여행에서 제일 흥미로워하는 모습은 사람들의 친절함이다. 특히 식당이나 가게의 종업원들이 보여주는 깍듯함은 경험할 때마다 신기하다. 고급 초밥집이든 싸구려 덮밥집이든 가릴 것 없이 특유의 하이톤 음성과 절도 있는 몸짓으로 손님을 대하고 광이 날 때까지 테이블을 열심히 닦고 두 손 모아 허리 숙이기를 어려워하지 않는 사람들은 장소에 따라 친절함의 편차가 큰 우리나라와는 사뭇 다른 모습이다.

물론 다른 나라에도 친절한 사람은 아주 많다. 예를 들어 미국 가게의 점원들도 대체로 친절하고 붙임성 좋지만, 그들의 친절함과 여유는 그 사람의 원래 모습인 것 같아 보인다. 일터에서 밝은 사람은 집에서도 친구들

사이에서도 밝은 사람일 것이다. 하지만 일본의 식당이나 가게에서 만나는 점원들은 현재 일터에서 자신의 '사명'을 다하기 위해 평소와는 다른 사람으로 변신하는 것 같아 보였다. 요시노야 덮밥집에서 하이톤 목소리로 규동 주문을 복창하는 거구의 남성도, 전망대 엘리베이터에 홀로 탄 외국인 승객이 자신의 말을 못 알아들어도 흔들림 없이 녹음테이프처럼 안내 멘트를 읊고 나서 오늘 날씨 얘기까지 덧붙이는 안내원도 퇴근 후 친구들과 술잔을 기울일 때는 어떤 모습일까 상상해 보는 것이 재미있다. 일본인 친구에게 이런 얘기를 하면 오히려 새삼스러워하면서 "그러고 보니 그런 것 같기도 하네…"라는 반응. 혹시 신참 아르바이트생에게는 하이톤 발성 교육이라도 하냐고 물어봤더니 그런 것은 없다고 한다. 몸에 밴 듯한 친절함, 그것이 본심本音, 혼네이든 타인을 향한 가식立て前, 다테마에이든, 그곳을 방문한 사람들에게 좋은 기분과 인상을 주는 건 사실이다.

두 번째 일본인과 한국인의 큰 차이는 여유와 배려다. 사실 이것은 선진국과 선진국이 되고 싶은 '사춘기적 국가'를 구분 짓는 가장 확실한 차이기도 하다. 쓰나미와 원전 폭발이라는 극한의 상황에서도 흐트러지지 않는 그들의 '줄서기 능력'을 TV 뉴스를 통해서 전 세계에 증명해 보였듯이 버스와 지하철에서도, 식당과 슈퍼에서도 일본인들은 우리보다 타인에 대한 배려가 크고 규칙을 지키고 차례를 기다리면 절대 손해 보지 않는다는 확신을 가지고 있는 것 같았다.

우리나라에서는 신용카드 결제를 하면서 손님이 패드에 서명하는 것을 끝까지 기다리지 못하고 중간에 끊어버리는 점원이 많다(개인적으로 매우 불쾌해하는 일이다). "얼마입니다"라고 말하는 동시에 카드 달라고 보채듯 이미 손을 내밀고 있는 경우도 자주 경험한다.

일본은 큰 금액이 아니고선 아직 현금을 주로 쓰는데 지갑을 뒤적여 십의 자리, 일의 자리까지 맞춰가며 동전을 하나하나 내려놓는 동안 두 손 가지런히 모으고 기다리고 있는 점원의 모습은 흥미롭다.

루스 베네딕트가 〈국화와 칼〉에 썼듯이 '남이 자신을 어떻게 보는가에 민감한' 국민성 탓도 있겠지만, 유치원에서부터 철저하게 반복되는 기초 질서 교육의 영향이 클 것이다. '남에게 폐 끼치지 말라'와 '순번順番, 준반'으로 대표되는 일본식 교육.

우리나라에선 마트에서 카트에 뒤꿈치 찍혀도 미안하단 소리 듣기 어렵지만, 실수로 누구의 발을 밟아도 오히려 밟힌 사람이 미안하다고 사과한다는 일본인. 교실처럼 조용한 이웃 나라의 지하철 객차에는 소곤거리는 전화 통화 소리조차 듣기 쉽지 않다는 점은 작은 문화 충격이었다.

마지막으로 일본의 사회적 관성과 그로 인해 사회 변화의 속도가 우리보다 느리다는 점. 일본의 1위 포털 사이트는 여전히 YAHOO고, 아직도 hotmail.com 메일 계정을 쓰는 사람이 많다. 신용카드도 큰 금액이 아니면 쓰지 않고, 스마트폰의 확산 속도도 우리보다 훨씬 느리다. 새로운 게 끝없이 나오지만, 굳이 바꾸지 않아도 행복한 건 잘사는 나라들의 공통점이기도 하다.

패딩이든 어그 부츠든 특정 아이템이 인기를 끌면 수많은 사람이 그 유행에 동참해서 사람들의 옷차림이 비슷비슷한 우리나라와는 달리 일본 사람들의 길거리 패션에는 뚜렷한 경향이 없다. 유행이 있긴 하지만 우리보다 '참여율'이 저조하고 시대를 초월하는 개성을 뽐내는 사람들이 많다. 2017년 서울의 패션에는 2017년 스타일이 대세지만, 일본의 오늘에는 과거 10~20년간의 모든 스타일이 공존한다.

kagawa. japan

질서란

> 질서는 흥미로운 사회 현상이다. 지리, 기후, 인종, 민족 등의 변수보다는 대체로 잘살수록 질서가 잘 지켜지는 것으로 보아 '질서'라고 부르는 덕목은 인류의 타고난 선善이라기보다는 많은 인구가 모여 사는 사회에서 서로 얼굴 붉힐 일을 최소화하기 위한 인위적 규율에 더 가까운 것 같다. 남국의 느긋한 국민성을 가진 사람들도 운전대만 잡으면 헐크로 돌변하고 줄서기나 대중교통 등 질서가 요구되는 장소에서는 아수라장을 연출하는 양면적(?) 모습을 보여준다.

예멘에서 만난 예멘 사람들은 대체로 친절하고 온화하지만 버스가 오면 먼저 타기 위해 몸싸움을 마다치 않고, 붐비는 시장에서는 물건값을 먼저 치르기 위해 앞사람을 밀치고 지폐를 내민다. 짧게는 하루에서 길게는 한 달가량 머물렀던 40여 개의 나라에서, 국민의 질서의식은 대체로

tokyo. japan

국민소득과 높은 상관관계를 가지고 있었던 것 같다.

질서는 결코 개인의 의지로 이루어지지 않는다. 충동을 억제하고 질서를 지켰을 때의 이로움을 반복적인 경험을 통해 확실히 느끼고, 이 사회 조직과 구성원들이 규칙을 준수한 자신의 노력을 배신하지 않을 거라는 사회 공공성과 사회 안전망이 주는 혜택에 대한 신뢰가 충분히 쌓여야 비로소 질서가 이루어진다. 우리에게는 아직 부족한 경험이다. 내리기 전에 버스 문이 닫혀 버릴까 봐 일찌감치 비틀거리며 뒷문 앞에 가 있어야 하고, 누가 끼어들어서 나보다 먼저 빈자리를 차지해버릴까 봐 지하철에서 하차하는 승객을 기다리지 못하고 좁은 틈을 비집고 들어가야 한다. 기다림에 대한 인내가 아직은 조금 모자라다.

톱 모 델 의 화 장 법

≫ 겨울의 홋카이도는 오래전부터 가보고 싶던 곳이었다. 영화 〈러브레터〉의 눈밭 속에서 "오겡끼데스까"를 외치는 뜨거운 입김처럼, 아득한 북쪽이지만 얼큰한 미소라멘의 국물이 떠오르는 이름. 매서운 눈발과 추위에 어깨를 움츠린 채 총총걸음으로 조그만 가게 문을 열고 들어가면 지글지글 양고기 굽는 연기 너머로 차가운 맥주잔 부딪히는 소리가 나를 기다릴 것 같은 느낌이었다. 사할린, 오호츠크 해 같은 단어는 글자 아래에 고드름이 생길 듯 차갑지만, 그와 인접한 홋카이도라는 지명에는 머리는 차지만 몸은 따뜻한 겨울의 노천온천처럼, 차가운 날씨지만 그 추위를 녹이는 군고구마 같은 따끈한 무언가가 있을 것 같은 느낌이 있다.

이곳에 '이것'이 있어서 참 다행이라는 생각이 들 때가 있다. 서울에 한강

sapporo.japan

sapporo.japan

이 없었다면 이 거대 도시는 훨씬 더 삭막했을 것이고, 중국인들이 빨간색을 좋아하지 않았다면 중국 도시의 풍경은 지금보다 더 단조로운 회색빛이었을 것이다. 서울의 한강이나 북경의 붉은 장식들이 화사함을 더해주는 색조 화장이라면 삿포로의 눈은 마치 짙은 가부키 화장 같다. 짧은 150년 역사의 계획 도시라는 무료함을 깨끗이 덮어주는 흰 눈의 존재감은 굉장해 보였다. 눈이 없었다면 삿포로라는 곳도 콘크리트와 유리가 주인공인 여느 일본의 현대 도시들처럼 거대한 바둑판의 가도 속에서 이 길과 옆길의 풍경이 구별되지 않는 평범한 장소였을지도 모른다.

그래서 겨울 삿포로 여행의 주인공은 도시, 음식, 사람이 아니라 눈이었다. 우리가 자주 경험하듯이 애매하게 쌓인 도시의 눈은 금세 더러워진다. 하늘에서 살랑살랑 내려오는 동안에는 마차 행렬 속의 귀부인처럼 우아하고 열렬히 환영받지만, 군중을 향해 손을 흔들 수 있는 고귀함은 잠시뿐이다. 일장춘몽으로 끝난 어느 세도가의 권세처럼 도시의 아스팔트와 시멘트에 닿는 순간 하얀 눈은 애물단지 신세가 되어버린다. 대궐에서 유배지로 쫓겨나듯 치워지고 밟히고 구르다 보면 어느새 세상의 더러움을 혼자 다 끌어안은 듯 씁쓸한 모습으로 남는다.

차와 사람의 행렬이 한시도 멈추지 않는 대도시에서 눈이 더러워지지 않을 수 있는 방법은 단 하나, 스타일리스트가 수시로 달려와 화장을 덧발

라줘서 항시 최상의 상태를 유지하는 화보 촬영장의 모델처럼 쌓인 눈이 더러워지기도 전에 계속해서 눈이 내리는 것이다. 그런 점에서 겨울의 삿포로는 과연 톱모델급이라 할 수 있다. 삿포로의 위도는 43도 정도지만 일 년 적설량이 무려 6m. 연평균 눈 오는 날이 125일이니 겨울 동안은 거의 매일 눈이 오는 셈이다(위도 61도 알래스카의 앵커리지는 연간 적설량이 2m에 불과(?)하다).

내가 머문 나흘 동안 삿포로는 잠시라도 맨 얼굴을 드러내거나 흐트러지지 않는 완벽한 모습을 보여주었다. 눈으로 완전히 덮인 인구 200만의 대도시, 인공물의 윤곽만 남은 하얀색 세상과 회색빛 하늘로 이루어진 단순한 무채색 구성이 이 정도로 아름다울 줄은 상상하지 못했다. 인도도 차도도 가로수도 자동차도 건물도 먼 산도 똑같이 하얀 눈 속으로 숨어 있는 풍경, 영원히 늙지 않는 피터 팬처럼 삿포로의 눈은 절대 더럽혀지지 않는 뽀얗고 하얀색이었다. 영화 속 회상 장면처럼 채도가 다운되고 음량도 확 줄어든 것만 같은 풍경, 눈 오는 삿포로는 정말 아름다웠다. 함박눈이 내릴 때면 어김없이 길가에 멈춰 서서 눈 오는 풍경을 멍하게 바라보았다. 지상 세계의 온갖 주름과 잡티와 흉터를 감추어주는 비비크림 같은 함박눈의 은혜를 온몸으로 느꼈다.

이케다 씨 초밥의 비밀

> 일본에는 동네 골목마다 작고 오래된 식당들이 많다. 대대로 가업을 잇는 일본의 장인정신은 식당뿐 아니라 미용, 수공업, 식료품 등 전 분야에 걸쳐 100년 이상 대대로 변치 않는 장수기업과 장수가업을 만들어냈다. 아무리 작은 동네 조그만 식당이라도 자부심 가득한 주인이 몇 대째 오로지 맛으로만 승부하며 운영해온 노포들. 사장이 곧 주방장이고 아무리 장사가 잘돼도 자신이 맛을 직접 관리할 수 없다면 분점도 내지 않기 때문에 수백 년이 지나도 맛이 변치 않는다.

우리나라는 프랜차이즈 천국이다. 일본에도 요시노야, 마츠야 같은 규동 체인이 동네마다 들어서 있지만, 영역과 규모 면에서 차이가 있다. 우리는 김밥, 설렁탕, 감자탕, 찜닭, 빵집 등 뭐 하나 잘된다고 하면 금세 프랜차이즈가 등장해서 동네 골목의 영세 식당들을 몰아내고는 얼마 안 가서 또 다른 유행의 물결 속으로 사라져 버리는 역사가 익숙하다.

프랜차이즈가 무조건 나쁘다는 것은 아니다. 표준화되고 관리된 맛이 더 뛰어날 수도 있고 영세 사업장에 비해 더 청결할 수도 있다. 하지만 그것만 먹게 되길 바라진 않는다. 입맛과 기호를 충족시켜주는 일이 거대한 몇몇 기업의 손에 좌지우지되고 효율성을 위해 우리의 선택권이 제한되는 획일화된 외식시장은 끔찍하다.

sapporo.japan

다락방의 마법 상자

> 학생 신분이 끝난 뒤에는 긴 여행을 떠나기가 쉽지 않다. 창고에 서 긴 잠에 빠진 배낭 대신 캐리어를 끌고 '일'을 위해 해외에 갈 일이 가끔 있 지만, 캐리어를 끄는 내 모습은 몸에 안 맞는 옷처럼 영 어색하다. 공항에 가 서 비행기를 타지만 놀러 가는 게 아닌 기분, 일상과 비非일상의 국경과도 같 았던 영종대교를 무덤덤하게 지나가는 것, 처음 와본 낯선 땅을 밟으면서 두 근거리지 않는 마음, 내 방이 아닌 곳에서 잠을 청하지만 내일을 꿈꾸지 않 는 밤, 참 낯설었다.

똑같은 곳에서 비슷하게 살고 있지만, 소중했던 무언가가 상실된 기분, 몇 가지 감각이 마비되어서 예전과 같은 경험을 하면서도 과거에 느꼈던 것을 더 이상 느낄 수 없는 기분. 물론 외국으로 가는 것 자체는 즐거운 일이고 몇 달 전부터 손꼽아 기다리는 연중행사이자 기분전환이지만, 허전한 덩어리는 어쩔 수 없다.

여전히, 멀리 여행 가고 싶지 않느냐고 물어오는 사람들을 만난다. 그룹 '전람회'의 서동욱은 "어떻게 음악을 그만두게 되었냐?"라는 질문에 "마치 담배를 끊듯, 그렇게 그만두었습니다"고 답한다. 나의 여행도 비슷하다. 나도 그런 질문을 받을 때면 살짝 웃고선 "가고 싶습니다"라고 말한다. 그리고 덧붙인다. "하지만 생각보다는 참을 만하네요."

이루어질 수 없는 꿈이라면 꿈조차 꾸지 않도록 해주는 머릿속 방어기제 덕분인지, '멀리 갈 수 없는 처지'가 된 후로는 떠나고 싶다는 생각이 그리 간절한 적은 없었다. 담배 피우던 때는 계속해서 피우지 않을 수가 없지만, 자의로든 타의로든 일단 담배를 끊고 나면 더 이상 생각나지 않는 것처럼. 이따금 건물 입구에서 여유롭게 연기를 내뿜고 있는 흡연자들을 바라보면서 아, 나도 저 담배 한 모금에 죽고 못 살던 시절이 있었는데, 라고 잠시 떠올릴 뿐, 가던 길을 걷고 휴대폰 한 번 쳐다보는 사이 나의 관심은 황급히 눌러 끈 담뱃불처럼 생생한 현실로 빠르게 되돌아온다. 봄바람을 타고 오는 그 기운이 내 안의 무언가를 자극하는 것 같기도 한데, 잘 생각이 나질 않아 금세 잊어버린다. 창고 속 먼지 쌓인 상자들처럼 점점 추억이 되어간다.

하지만 여행은 언제든 먼지를 스윽 훔쳐내면 생생하게 빛을 내며 되살아날 마법 상자들이다. 젊은 시절 받은 훈장 하나를 평생 가보로 간직하고 살아가는 참전용사 할아버지처럼, 아내의 핀잔에도 아랑곳하지 않고 집안 제일 잘 보이는 곳에다 모셔두고 날마다 꺼내보는 훈장.

지난 몇 년간 열심히 수집한 여행의 추억은 나에게 그런 존재다. 보고 또 보아도 질리지 않을, 매일같이 닦고 닦아도 빛이 바래지 않을 나의 보물 상자. 전장에서 뽐냈던 민첩함과 용기는 더 이상 없지만, 마음만큼은 전쟁영웅이 다. 가끔씩 군인 행사에 초대받으면 장롱 속 군복을 소중히 꺼내 입으며 감회에 젖어 거수경례를 하면서 감격할 수 있는 열정처럼, 어두운 대기실에서 검을 고쳐 잡고 경기장의 함성을 향해 달려나가는 글래디에이터처럼 낯선 공항에 도착해서 배낭을 고쳐 메고 입국장의 자동문을 나서기 직전의 심호흡 한번, 마약과도 같은 그 한 모금 공기의 맛은 또렷이 기억하고 있다.

sanaa. yemen

pokhara, nepal

bangkok. thailand

hunza. pakistan

The Way²

기억의 시작

초판 1쇄 발행 2017년 4월 15일

지은이 | 정준수
펴낸이 | 김진
편집 | 박지영
디자인 | 수인디자인
인쇄 | 새한문화사
펴낸곳 | 플럼북스

출판등록 | 2007년 3월 2일 제105-91-128142호
주소 | 서울시 양천구 목동서로 340
전자우편 | plumbooks@naver.com
문의 | 02-6012-3611

값 18,000원
ISBN 978-89-93691-76-4

이 도서의 국립중앙도서관 출판예정도서목록(CIP)은 서지정보유통지원시스템 홈페이지(http://seoji.nl.go.kr)와
국가자료공동목록시스템(http://www.nl.go.kr/kolisnet)에서 이용하실 수 있습니다.
(CIP제어번호: CIP2017006988)